Tröst

# Tröst

Stefan Stenudd

**Stefan Stenudd**
född 1954 i Stockholm, numera boende i Malmö, är författare, frilansjournalist och instruktör i den fridsamma japanska kampkonsten aikido. Han är också idéhistoriker, med skapelsemyter som sitt forskningsfält. Förutom de svenska böckerna nedan har han skrivit ett antal romaner och fackböcker på engelska. Stefan har sin egen fylliga hemsida: *www.stenudd.se*

*Skönlitteratur:*
Om Om 1979, 1985, 2011, 2018
Alltings slut 1980
Den siste (Evigheten väntar) 1982, 2011, 2018
Mord 1987, 2018
Ikaros över Brandbergen 1987, 2011, 2018
Drakar & demoner 1987
Tao Erikssons sexliv 1992, 2007, 2018, 2019, 2020
Tröst 1993, 1997, 2003, 2018, 2020
Zenit och Nadir 2004, 2018, 2020

*Facklitteratur:*
Tao te ching, taoismens källa 1991, 1996, 2004, 2006, 2012
Aikido, den fredliga kampkonsten 1992, 1998, 2010
Iaido 1994
Miyamoto Musashi: Fem ringars bok 1995, 2003, 2006, 2013
Aikido handbok 1996, 1999, 2004
David Mitchell: Stora boken om kampkonst 1997
Ställ och tolka ditt horoskop 1979, 1982, 1991, 2006
Horoskop för nya millenniet 1999
Qi, öva upp livskraften 2003, 2010, 2018
Bong. Tolv år som hemlig krogrecensent 2010, 2018

arriba.se

**Tröst**
© Stefan Stenudd 1993, 1997, 2003, 2018, 2020
Arriba förlag, www.arriba.se
Omslag och grafisk form: författaren
ISBN 978-91-7894-090-5

# 1

Ingen av dem anade det, men jag såg dem tydligt och hörde allt de sa. Där kom de till mig, en efter en av mina närmaste, och jag såg hur de sträckte ut sina själar mot mig, begrundade vår gemensamma historia och undrade vad den egentligen kunde innebära – men jag förmådde inte komma dem tillmötes. Med var och en av dem kunde det ha blivit den stora försoningen, om jag inte legat där som ett kolli, till synes inte mer än ett kadaver vars hjärta av någon outgrundlig anledning fortsatte att slå – en tid.

I barndomen skulle jag säkert ha varit gränslöst förtjust över en sådan hemlig insyn i deras omaskerade förhållande till mig, att iaktta dem genom ett dolt titthål, inte olikt Tom Sawyers belägenhet när han osedd kunde bevittna sin egen begravning, men som det nu var plågade detta mig mer än något annat i livet.

Det hände att jag förbannade mitt hjärtas envisa bankande. Jag förnam också mina hjärtslag påträngande tydligt och ändå distanserat, som om de kom ur en högtalare framför mig. Andra ting omkring mig, som sängen jag låg i, de blekt pastellfärgade väggarna och takets elaka lysrörsljus, var jag bara vagt medveten om. Men hjärtslagen trängde sig på och retade bitvis gallfeber på mig.

Envisa hjärta! Jag kunde känna hur självständigt mitt hjärta arbetade, fullständigt likgiltigt för min vilja. Det hade varit så bekvämt om hjärtat helt enkelt stannat på mitt kommando, som en klocka när man drar ut dess lilla pigg för att ställa den. Visarna hejdas, tiden stannar.

Jag vet att jag yrar. Hjärtats orubbliga marsch är en försäkran mot medvetandets vankelmodiga vilja – inte ska hela djuret stryka med bara för att medvetandet, den mest vaga och undflyende av människokroppens beståndsdelar, hamnat i dystert sinnelag. Och ändå är det ett överdrivet försiktighetsmått – om medvetandet hade kunnat stänga av hjärtat med en lika enkel manöver som med klockan vågar jag lova: det hade aldrig blivit gjort.

Det kände jag tydligare än något annat, där jag låg och var kolli i min sjukhusbrits. Inte vill man någonsin verkligen dö! Visst hyser man då och då en dödslängtan i sitt sinne, men den är föga mer än koketteri – en flirt med en främmande, hemlighetsfull gatflicka. Inte vill man hamna i säng med henne. Tänk, vilka sjukdomar man kan dra på sig!

I alla fall ville inte jag. Andra lär både vilja och genomföra det. Jag vet inte. De kanske bara halkar, eller luras till det genom ödets retsamma spratt. Från mitt perspektiv där på dödsbädden kunde jag inte föreställa mig hur någon människa vore kapabel att helhjärtat önska livet ur sig själv. Nej, det går till på annat sätt. Så länge hjärtat slår är livet icke förhandlingsbart, och döden – vad vi än stundtals inbillar oss eller känner – lika otänkbar att famna som ett brinnande vedträ.

Jag blev inte heller famnad, där jag låg och dog på sjukhuset. Mitt livs älsklingar kunde lägga sina handflator på de kroppsdelar som skyldes av mitt täcke, eller lätt och hastigt på min panna eller mitt hår, en och annan tordes kyssa mig – alltid på kind eller panna, aldrig på munnen. Det är en fasa hos oss människor, vi törs inte vara säkra på att döden inte smittar.

Därför törstade mina läppar efter andras. Jag är säker på att det hade blivit en orgiastisk upplevelse för mig – kanske för oss båda – om någon enda av mina besökare vågat kyssa mig på munnen. Vilken kyss det hade varit! In i döden. Jag måste erkänna att eftersom jag inte fick någon riktig kyss på min dödsbädd, kändes det som om jag aldrig i mitt liv blivit kysst. Aldrig som Romeo av sin Julia, när hon på så vis försöker suga ut det gift som tagit hans liv, aldrig heller som Törnrosa, så att hon vaknar efter hundra års sömn, aldrig ens som Jesus av sin Judas.

Jo, kanske ändå att jag blivit kysst som Jesus av sin Judas. Hå hå, ja ja... Är varje kyss på sätt och vis en Judaskyss? Jag måste erkänna att jag själv i livet hann utdela några sådana. Antingen sprang de ur en önskan att förskottsbetala en svårtrugad kärlekspartner för att jag skulle beredas tillträde till områden som annars vore stängda för mig, eller så var de besvärjelser som skulle vagga in mig själv i den trygga föreställningen av att för stunden ha någon att älska. Vad för kyssar var de, i ärlighets namn?

De kyssar jag utdelat genom åren, som verkligen sprungit ur just en önskan att utdela dem, är förvisso lätträknade. De är också underbara i mitt minne. Och den allra underbaraste kyssen är den jag i ett svagt ögonblick gav min son – och sedan hade kallsvettig ångest för, ända till min dödsbädd. Stackars dumma människa, jag, som trodde att den gjorde skada!

\*

Nej, min son var inte en av dem som kysste mig. Han tordes inte. Nå, Jonas var i mitten på tjugoåren och jag mindes själv mycket väl vad det innebar. Fast det var den tid då jag odlade de allra högsta och mest optimistiska tankar om mig själv – eller kanske just därför – är tjugoåren det decennium av mitt liv som jag såhär i efterhand, i backspegeln, tycker minst om. Säkert är jag orättvis, jag hade ju trots allt under de åren en hel del strålande och lovvärda perspektiv, men nu förhåller det sig så.

Vore jag tillräckligt bitter, och det ska erkännas att jag har haft sådana ögonblick, skulle jag säga att det var under den perioden som allt gick snett. Enkelt uttryckt: man rusar på i blind förtjusning över sina företräden och förtränger i samma grad sina sprickor och skavanker. Ärligt talat, jag var så duktig på att fabulera att jag – inför mig själv såväl som andra – kunde skildra också mina brister som gudagåvor.

Vad jag skymtat av min son har han, Gud ske lov, inte samma förmåga. Nej, han verkar snarare använda sin fantasi i direkt motsatt riktning: han framställer även sina goda sidor som svagheter. Och jag är rädd för att det är jag som bär viss skuld i det – inte med min kyss förstås, utan genom min hejdlösa förgyllning av min egen person.

Tänk, han föddes ju när jag var tjugofem, det vill säga just den ålder han nått i sitt besök vid min dödsbädd. Jag betedde mig som varje ung förälder. I panik inför det oöverskådliga ansvaret försökte jag uppfostra honom med stursk konsekvens, vilket är den allra värsta metoden. Det var inte precis en fostran i vad som förr kallades Herrans tukt och förmaning, men med en rät linje, utan kompromisser, som om jordelivet vore klart som korvspad.

Så det är klart att all oreda han kände under sin uppväxt, den stackars gossen, skyllde han på egna tillkortakommanden. Strängt taget var det bara med kyssen jag gav honom någon annan signal och gjorde det möjligt för honom att se sin far våndas i samma emotionella björnsax som han själv satt fast i.

Ja, på sätt och vis var kyssen – det enda som jag aldrig upphörde att förebrå mig – min största eller rentav enda uppfostrargärning. Där tog pappa av sig superhjältekostymen och blev människa.

※

Första gången Jonas kom till min dödsbädd var tillsammans med sin mor. Han gömde sig bakom henne och ville hela tiden fly. Trots att hans mor visade mig de innerligaste känslor blev det mer och mer så att hans obehag överröstade allt.

Ingenting gör en person så påträngande som när han försöker vara osynlig. Jonas tog små, små andetag och svalde med så hårt snörd strupe att det flera gånger var nära att tvinga honom till hosta. Han höll händerna djupt nedtryckta i fickorna, så att han kunde krama sitt kön från båda håll, bet ihop tills det knakade i käkarna och hukade sig bakom sin mamma så att han bara behövde se enstaka skymtar av mig, när hon vred kroppen åt vänster eller höger i någon betydelselös gest.

Vid den tiden kunde jag ännu inte läsa tankar mer än knapphändigt, men det mesta var uppenbart. Jonas var så rar, han ville inte vara vittne till min hjälplöshet, mitt gradvisa utslocknande – superhjältens fall.

Hans mor fortsatte att pladdra obetydligheter, ömsom riktade mot mig och ömsom mot honom. Hon arrangerade omsorgsfullt blombuketten i den vas hon för säkerhets skull hade tagit med sig hemifrån, drog ner persiennerna eftersom det starka solljuset sken rakt på mitt ansikte, och allt sådant. Jonas hukade bakom henne. Efter en kvart av denna tragikomiska balett mellan de två och – som en symbolisk rekvisita på scenens mitt – min slappa kropp i sjukhussängen, tog hon ett muntert farväl av mig och tågade ut.

Jonas hade varit så på spänn att hans mor inte ens hunnit vända på klacken, fast det kom plötsligt, innan han slank ut genom dörren, utan att se sig om.

Det syntes inte alls på det lama kolli som var jag, men

jag grät och förtvivlade i tron att detta var mitt sista möte med min son. Jag fortsatte alltså att underskatta honom.

※

Nästa gång kom Jonas ensam. Han hade både rakat sig och klippt håret, något som han annars var ganska sporadisk med, men hade också tagit på sig den svarta skinnjacka han visste att jag betraktade som rätt löjlig. Redan där fanns dubbla signaler: både ett högaktningsfullt avsked och ett uppror.

Jag tyckte att jag förstod honom fullständigt och höll med honom. Om inte skinnjackan varit där, utan bara den slätrakade hakan och den välansade frisyren, då hade det känts som om han enbart kommit dit till hälften – den representativa halvan, ungefär som när man bockar sig för en överordnad. Visserligen var skinnjackan ett slags manbarhetssymbol som jag tyckte passade ännu sämre på honom än på vem som helst annan, men jag var honom tacksam för att han gjorde entré också med den sidan av sig själv.

Annars gjorde han sin entré så försynt så – inte alls, kunde jag med viss självgodhet konstatera, på ett sätt som passade ihop med skinnjackan. Han betedde sig under hela visiten mer som håret och hakan än som jackan. Dörren öppnades sakta, han gled ljudlöst in och slöt den försiktigt bakom sig med ryggen mot mig, som en inbrottstjuv när han vill försäkra sig om att ingen följt efter honom. Bara så sakteliga letade sig hans blick över rummet – golvet, väggarna, fönstret, sängbordet med blombuketterna – innan den landade på mig. Kollit.

I flera minuter stod han stilla, andades återhållet, nafsade omedvetet på underläppen och betraktade mig. Kinderna rodnade och blicken var nästan skamsen, som hos en pojke vid ett kvisthål till damernas omklädningsrum på badplatsen – men också djupt undrande, som spelarens vid schackbrädet. Jag tror att jag kunde förstå också denna kluvenhet: han undrade vad han egentligen gjorde där, vad han var ute efter, samtidigt som han tyckte att han självklart borde veta det.

Ja, vi drabbas alla ideligen av det. Vi slås av det ena och andra i livet, oförberedda och aningslösa, men vi tror varje gång att vi borde vara hemtama med det, att alla andra människor vet precis vad som krävs. Vi får för oss att det är en fråga om grundläggande instinkter som bara just vi, arma missbildade exemplar av människosläktet, saknar. Det är en sorg att alla stora slag i tillvaron måste utkämpas mot så dåliga odds. Vi lär våra nya generationer att sky elden och hålla tassarna borta från kokplattan, men inte mycket mer.

Äntligen lossnade Jonas ur sin trans och steg fram till sängkanten. För vart och ett av de korta stegen som förde honom till mig dunkade mitt hjärta allt högre. Visst var det en varningssignal, en spydighet, som om det sa till mig: du ville att jag skulle sluta slå, du beklagade min envishet – men se, nu bönar du om en fortsättning. Onekligen ett retsamt hjärta, men vad skulle jag göra – blöda av tacksamhet för varje slag?

Han var förstås inte framfusig nog att sätta sig på sängkanten. Säkert oroade han sig dessutom för att i så fall rubba någon känslig balans och råka bli min död. Där stod han, tryckte knäna mot den hårda sängkanten och böjde rygg, lutade sig fram tills jag undrade om han skulle tappa balansen och falla ovanpå mig. Det skulle jag ha gillat, även om det förmodligen hade blivit min död. När hans ansikte befann signågra decimeter från mitt, hejdade han sig och särade på läpparna. Orden kom svagt, liksom ovant, som när en eremit talar för första gången på åratal.

"Hör du mig?"

Jag kunde inte få min kropp att ge honom den minimalaste signal. Inte en nickning, inte en krökning på ögonbryn eller mungipor, inte minsta fingerrörelse, ingenting. Det gjorde mig på ett och samma ögonblick först desperat och sedan förtvivlad. Vildsint desperat och bottenlöst förtvivlad.

Samtidigt med detta plötsliga cymbalslag av kraftiga känslor i mig, blev min son alldeles tagen. Han ryckte till där han stod lutad över mig, ena handen föll ner på min bädd för att ta stöd. Genast därefter backade han från sängen, åter för att inte råka skada mig på något aningslöst vis. För mig var det uppenbart att han smittats av mina känslor, att de slagit honom lika hårt som de slog mig. Själv kunde han förstås inte tro annat än att han överfarits av medlidande vid anblicken av mitt ansikte på så nära håll, och av den lika sympatiska som meningslösa skammen över att bevittna mitt förtvinande.

Det var på ett hår när att Jonas fortsatte backa rakt ut ur mitt sjukrum för att genast fly sin väg. Kanske var det samma känslornas kontakt mellan oss, som höll honom kvar.

Gradvis under de följande minuterna gick det upp för mig vad mina smittande känslor måste innebära. Först drog jag inte alls någon slutsats av att min son ögonblickligen drabbats av vad jag kände djupt i mitt inre, så självklart hade det varit för mig när det hände. Efteråt, dock, fick jag verkligen något att fundera över. Men det fick vänta. Så snart Jonas tog till orda på nytt trängdes alla andra tankar undan.

"Pappa", sa han med lika bräcklig röst som nyss, men med något mer volym, "de säger att du håller på att dö."

Han iakttog mig spänt under flera minuter, som för att ge mig en chans att rycka mig upp ur sängen och sturskt säga emot honom. Det märktes att mycket tryckte på innanför hans bröst, att många ord behövde bli sagda. Om jag bara kom till min sans nu skulle allt genast bli inaktuellt. Vi önskade väl båda att så skulle ske, men i mitt fall – och jag var ju den som visste bäst – var önskan inte ren, inte utan ambivalens. Trots allt fick jag ju se min son i ett nytt ljus, ett varmt och klart strålande, som kom inifrån honom.

"Jag vet inte vad det betyder", återtog Jonas efter sin

långa paus. "Inte alls. Eller vad jag ska göra åt det. Jag vet bara inte."

Han tog åter paus. Monologen var lika långdraget prövande som när man om vintern kämpar med en bil som vägrar att starta. Mellan varven måste startmotorn vila och batteriet hämta sig – kanske drar motorn igång vid nästa försök.

"De säger förstås att det finns en chans att du ska tillfriskna, även om den är liten. Det finns alltid en chans, säger de, och då vet man ju egentligen att det är kört... Man borde få raka besked, eller hur? Man kan ju inte slösa bort den här tiden på att bara gå och hoppas."

Paus igen, men den här gången betydligt kortare. Jag fick intrycket att han bara frågade sig hur galet det kändes att stå och prata högt till ett onåbart kolli.

"Jag var inte alls med på att det skulle kunna hända redan nu. Så här tidigt och så här fort. Jag trodde absolut att det var massor av tid kvar. Och just nu, när jag håller på att bli riktigt nyfiken på dig! Eller kanske är det i själva verket på mig själv, på vad jag egentligen har fått från dig, det måste det nog vara... Hur ska jag kunna få reda på det nu?"

Det lät onekligen som en anklagelse, jag märkte också att Jonas själv insåg det och rodnade en smula igen. Men när han såg min livlösa kropp slappnade han av. Om han skulle få reda på att jag i själva verket uppfattade honom till och med tydligare än i friskt, vaket tillstånd, då hade han väl kastat sig ut genom fönstret – fast det inte fanns någon anledning. Jag hade ju märkt att han inte avsett något klander med sina ord, i alla fall inte direkt.

"Mamma säger en massa vackra saker, vackra och motsägelsefulla. Det är svårt att få stopp på henne. Först tjatar hon om att vi inte ska gå och tro det värsta, det är ju inte över än, allt kan hända, och så vidare. Sedan säger hon plötsligt, med mera eftertänksamt tonfall, att vi i alla fall kommer att hålla dig vid liv i våra minnen... Vad gör det för nytta? Det räcker inte. Jag vill lära känna dig nu när jag är vuxen. Visst måste det vara en helt annan sak än att minnas hur jag såg dig under min uppväxt?"

Han hade satt sig ner i besöksstolen vid fönsterväggen och efterhand vågat skjuta den närmare sängen. Fortfarande stod nattduksbordet mellan oss, och han började pilla på blombuketten i vasen. Faktiskt höll han på att riva av ett efter ett av de små bladen på en av rosenstjälkarna. Jonas lade inte märke till det själv, annars hade han säkert skämts också för det. Jag visste dessutom, med oförklarlig säkerhet, att han skulle sticka sig på en av taggarna.

Kanske var det vad han omedvetet ville. Inför sin döende far ville han, ängeln, också dö en smula – i alla fall blöda.

"Jag tror att du aldrig förstod hur rädd jag var för dig ibland."

Han hade alldeles rätt, det var en nyhet för mig.

"Jo, du ville alltid vara den goda fadern, den förnuftiga och sansade, som aldrig lät plötsliga känslor ta överhanden. Det var nog precis vad som gjorde mig rädd. Du blev lite som en maskin ibland, ett tåg på räls, som inte gick att beveka. Till och med när du var tillmötesgående var det med en sådan konsekvens att det skrämde mig. Jag förstod ju att jag aldrig skulle kunna vara lika behärskad tillbaka, för mig sprack det hela tiden – så jag var rädd för att du skulle tröttna på mig. Ju mer du mjuknade på rösten och talade tålmodigt när jag var upprörd, desto mer kändes det som om du skulle tappa orken när som helst och bara dumpa mig – som den gamla Saaben vi tog till skroten och fick en slant för. Över två tusen för en oduglig rishög! Ofta var jag säker på att det skulle bli mitt öde – när jag var liten. När jag blev lite äldre kändes det som om det redan hänt, på något vis, som om du redan hade sålt mig till skroten. Du vet, givit upp mig... Det var som om vi tagit farväl av varandra, fast vi fortfarande bodde under samma tak. Du slängde en blick på mig då och då, med en min som sa ungefär: 'Vad kan han ha för sig nu för tiden?' Som om det inte längre var något du hade att göra med. Jag fick vara ifred – inte för att du tyckte att jag verkligen kunde sköta mig själv, utan för att du givit upp att försöka lära mig det."

Och jag, dumgubbe, som skrutit inför mig själv med vilka friheter jag tillät min son – under själva puberteten, när andra föräldrar jagade efter sina barn som efter en hundvalp innan den blivit rumsren! Visst måste jag erkänna att jag nog sänt ut dubbla budskap, såväl respekt som brist på detsamma. Men att han kunde tro att jag övergivit honom! Jonas hade ju sitt, vad hade jag med det att skaffa? Dessutom höll det på att skära sig mellan mig och hans mor, skilsmässan närmade sig obevekligt.

Ja, jag låg där i sjukhussängen och kom på den ena ursäkten efter den andra. De var allihop rätt patetiska – förståeliga, måhända, men lik förbannat patetiska. Strängt taget hade jag på sätt och vis varit lika rädd för honom som han för mig. Jag ville ropa den enda riktigt giltiga ursäkten till honom: 'Kan du förstå vilket oöverskådligt ansvar det är att ha en annan människas liv i sina händer?'

Det underliga var att jag kände igen hans fruktan och ångest som precis min egen. Vi hade speglat varandra genom blodsbanden. Han var rädd för att inte duga som son till mig, och jag var i grund och botten skräckslagen för att inte räcka till som far åt honom. När han nådde puberteten gav jag helt sonika upp. Det var väl ett steg i rätt riktning? Jag försökte inte längre leva upp till någon fadersroll, det fick gå som det ville. Jag minns att jag med min nya attityd kunde koppla av en hel del, jag blev lugnad. Men jag hade glömt bort att fråga mig hur min son tolkade det.

När äntligen ursäkterna slutade att poppa upp i mitt medvetande, likt kolsyrebubblorna i ett läskedrycksglas avtar och tystnar, då mindes jag ju med lätthet flera stunder då Jonas hade hoppats på handling, på stöd eller reprimander från mig. Stunder då han tydligt ropat på en far. Oftast hade jag valt att vara lomhörd och mumla något om att han fick styra över sitt eget liv – och ta konsekvenserna. Det medges: en grym logik.

"Det var först långt senare", återtog Jonas med märkbart lugnare stämma, "efter att du hade flyttat hemifrån, som jag började anklaga dig för saker."

Ögonblickligen blev jag spänd. Inte i kroppen, som alltjämt var blott ett lamt kolli, men någonstans i mitt sinne. Lustigt nog kändes det precis som en kroppslig anspänning, som om musklerna i magen knutit sig, axlarna dragits upp mot öronen och ögonbrynen tryckts mot varandra ovanför näsryggen. Fast min sons röst blivit mjukare och tryggare, framträdde orden etter skarpare i mitt huvud.

"Jag var väl uppåt nitton eller tjugo, för jag kommer ihåg att det började när jag gått ur gymnasiet. Det var i och för sig skönt att äntligen lämna skolbänken, som skavde som sjutton på rumpan efter alla år, men det kändes pyton att lämna hela den världen bakom sig – i ett slag. Klasskamraterna, det loja umgänget på håltimmar och frukostraster, festerna och upptågen vi hade för oss varenda helg. Nu var det över. Dags att bli vuxen, och så vidare. Strandsatt, övergiven... Så jag tyckte väl att alltihop var ditt fel."

Han skrockade för sig själv. Jag kunde ändå inte slappna av det minsta. Hans blick hade släppt rosen för en stund och vände ut mot fönstret. Solen måste ha varit på väg ner, för ljuset gick praktiskt taget vågrätt in genom de till hälften slutna persiennerna och ritade ränder över hans ansikte, den svarta skinnjackan och väggen på motsatt sida. Personalen lyckades verkligen hålla rent i mitt sjukrum, för jag såg ingen tillstymmelse till dammpartiklar i det strilande solljuset.

Skrockandet hade tystnat men Jonas log alltjämt ett inåtvänt, ganska fridfullt leende. Utan att vända ansiktet från fönstret tog han till orda på nytt.

"Allt var ditt fel. Jag tyckte att jag gick från klarhet till klarhet och såg allt tydligare hur du och ditt beteende hade ställt till det för mig. Skolarbetet förstås, och de risiga slutbetygen – det var du som hade givit mig prestationsångest. Mitt dåliga självförtroende – det var följden av att du alltid hade varit lika osäker på mig som du var säker på dig själv. Och så det där med tjejer. Jag hade ju sådana problem med det. Ditt fel, det också. Du..."

Han kom av sig. Jag hade omedelbart kommit att tänka på kyssen. Den förbannade kyssen, naturligtvis! Jaså, den hade verkligen förstört för honom, tänkte jag. Och då kom han av sig. Återigen – mina tankar, mina känslor, de tycktes nå honom. Fanns det någon annan förklaring? Jonas var förvirrad ett ögonblick, försökte reda ut sina tankar och plocka upp den tappade tråden.

"Nej..." sa han dröjande, ännu oklar över varför hans tanke knuffats in på nytt spår. "Inte det." Nu vände han blicken mot mig. "Det var ju första gången du visade att du älskade mig!"

Jonas såg verkligen förvånad ut, samtidigt som han sa orden med myndig skärpa, utan tvekan. Jag förstod att han blivit brydd för att kyssen låg så långt borta från vad han innan dess haft i tankarna. Den hade legat djupt inbäddad i hans minne – på en vördad plats, kunde jag nu märka, men riktigt djupt ner.

"Nej, det förstod jag redan då: vem som helst kan lättvindigt säga rara saker, klappa en på huvudet och allt det där. Vad betyder det? Men du visade dina känslor med något som var liksom tabu, något som man bara inte gör. Det var äkta! Jag kände det omedelbart."

Han lutade huvudet en aning på sned och blicken var inåtvänd.

"Tänk, jag hade glömt bort det där. Att det skulle dyka upp nu! Undrar om det hade gjort någon skillnad om jag hade kommit ihåg det då... Varför glömde jag bort det? Och varför kom jag ihåg det just nu?" Nu talade Jonas till sig själv, han hade bara glömt att sänka volymen. "Nej, den...", han letade efter ord, "den var... söt."

Jag märkte att jag inte var spänd längre. Jag visste inte

exakt när det hade släppt, men nu var jag avslappnad. Varm också, med ett allt större lugn, som en dåsighet. Höll jag på att somna? Kanske skulle jag verkligen ha glidit bort där, om han inte snart tagit till orda på nytt.

"Det där med tjejerna. Jag kunde inte få klart för mig om det var kärleken som knöt sig för mig, eller om det var sex. Båda, förmodligen. Kanske samma... Är det inte egentligen samma? Fy fan, vad kåt jag var!"

Fast Jonas knappt var medveten om var han befann sig, och samtidigt säker på att ingen hörde hans ord, blev kinderna rosigt röda och han sänkte huvudet. Åter började han pilla på en av rosorna.

"Du hade det ordnat för dig – först med mamma, som glatt kladdade på dig utan att du behövde göra ett dugg för att få henne till det, och sedan Kristin, när du lämnade oss. Det var så lätt för dig, det också, som allt annat. Jag tyckte att jag var en klant, som inte kunde få till det lika smidigt. När du någon gång talade om sex lät det som en bagatell, något som alla grabbar bara fixar sådär."

Han gjorde en ansats att knäppa med fingrarna, men med så minimal energi att inget ljud kom.

"Ja, för dig var det bara rutin, som att äta och sova. För mig var det som att bada i kokande olja, mest hela tiden. Du kan aldrig ana... Alla andra fick till det hur lätt som helst, inte värre än att ringa och beställa en taxi: fem minuter, så var de där. Jag fick aldrig någon taxi. Det var som om de andra hade något hemligt direktnummer, ett sådant där som läkare och kändisar har. Själv fick jag jämt höra: var god dröj. Så det slutade alltid med att jag fick ta mig fram alldeles själv, för egen maskin."

Jonas skrockade igen, åt metaforen han valt, och rodnaden lade sig en aning. Ändå såg han sig hastigt om innan han fortsatte, för att försäkra sig om att ingen ovälkommen lyssnare lurade i rummet.

"Lik förbannat var den så uppstudsig hela tiden. Från det att jag var tretton räckte det med att jag fick syn på en bar nacke eller hörde någon säga ordet 'naken', för att den skulle sticka upp. Jag vet inte hur många gånger jag var tvungen att lämna platsen hukande och småspringande, livrädd för att bli avslöjad. Lätta på trycket inne på toaletten i skåphallen i skolan eller ännu mer nervöst på toaletten hemma hos någon kompis. För att inte tala om alla morgnar i sängen hemma! Styva fläckar på lakanet. Jag tordes ju inte försöka slinka in på toaletten, ifall jag skulle stöta ihop med någon av er. Det var bara därför som jag var så noga med att bädda min säng och byta sängkläder ofta. Och det var väl så gott som det enda jag skötte till er belåtenhet."

Jag hade också gärna skrockat stillsamt inför denna lilla tragikomedi. Hur kunde Jonas tro att vi inget anade, och att jag aldrig varit med om detsamma? Det var just för att jag mindes min egen pubertets alla våndor och pinsamheter – mindes med ett rakblads skärpa – som jag inte förmådde mig till att prata med honom om sådant.

Efter vad jag kom ihåg av känslornas grymma mekanik från min egen ungdom hade ett sådant samtal mellan far och son – om än aldrig så förtroligt – blivit bara ytterligare en pinsamhet att plåga sig igenom. Hur lättar man på sådana bördor? Fast vi alla gått igenom dem, generation efter generation, har vi ännu inte kommit på något sätt att göra det lättare för våra barn. Om något så verkar vi bara ställa till det för dem när vi försöker, så jag tyckte det var bäst att hålla fingrarna borta.

Lakanen, ja. Visst hade jag lagt märke till de lättförklarliga fläckarna. De hade generat mig, med samma styrka och kyla som sådant drabbade mig under min egen pubertet. Jag råkade märka det någon gång då jag skötte tvätten, och det var säkert så tidigt som när han just blivit könsmogen. Kanske hade jag omedvetet letat efter det. Jag minns att när skammen lagt sig fick jag två tydliga känslor – en av förtjusning över att min son nu blivit man, som det heter, den var nog starkast av de två, och en känsla av obehag, eftersom det betydde att han snart skulle slita sig ur mitt grepp, ur vårt hem. Jonas skulle överge mig, gå vidare, och jag... jag skulle därefter bara bli äldre.

Ingen enda tanke av det slag som han hade fruktat passerade genom mitt huvud. Självklart inte. Det skulle aldrig ha fallit mig in att berätta om min upptäckt, varken för honom eller någon annan. Jag skyndade mig att trycka in lakanet i tvättmaskinen och pytsade på en extra dos tvättmedel.

Hans mor tog det annorlunda. När hon gjorde samma upptäckt, inte långt därefter, måste hon fnittrande av förtjusning dra med mig ut till tvättstugan, hålla upp lakanet, skrapa med nageln på en av fläckarna och komma med rader av skämtsamma kommentarer om mängden och om vad Jonas kunde ha fantiserat om under övningarna. Jag tyckte att hon var gränslöst vulgär, men jag protesterade inte. Inte heller röjde jag på minsta sätt att jag tidigare gjort samma upptäckt. Hon hade i alla fall det goda omdömet att inte ge vår son några gliringar.

Lustigt att hon kunde umgås med det så lättsamt och självklart. Förmodligen var hennes attityd mycket sundare än min, fast jag då berömde mig om att vara den hänsynsfullare av oss, den som bättre förstod sig på det. Med min diskretion måste jag på något indirekt vis ha bidragit till vår sons ångest och hämningar. Det hade säkert varit bättre om jag kunnat skämta om det – även inför honom. Jonas skulle ha rodnat som tomatketchup, alldeles säkert, men han skulle också ha upptäckt hur bekant hans problem var. Det skulle inte längre vara något han måste tackla i sin ensamhet.

Det hjälps inte. Jag skulle aldrig ha kunnat förmå mig till att konfrontera honom med det, ens om jag redan då insett hur det kunde ha hjälpt honom. Ett försök i den riktningen skulle oundvikligen ha blivit så krystat och spänt att han därav blott skulle ha fått sina hämningar bekräftade. Det är en björnsax, som så många av tillvarons fällor – man kommer bara loss genom att offra något.

"Jag läste i statistiken: majoriteten av grabbarna förlorar oskulden vid sjutton års ålder. Innan jag fyllde sjutton var det en viss tröst, fast det onekligen verkade som om varenda kompis inte bara blev av med sin oskuld innan dess, utan hann skaffa sig en massa erfarenhet så att de blev rena casanovorna, medan jag fick fortsätta med mina handtrallor. Nå, jag intalade mig att de flesta bluffade. Det fick vi också besked om i sexualkunskapen och alla puttenuttiga broschyrer från RFSU. Men när jag hade fyllt sjutton år, då började jag bli riktigt orolig. För varje vecka som gick efter min födelsedag blev jag alltmer desperat och alltmer övertygad om att det var något fel på mig. När jag fyllde arton var jag säker på det, när jag fyllde tjugo hade jag förlorat allt hopp om att någonsin få ihop det med en tjej. Eftersom jag hade lärt mig av psykologin att det är efter pappan man får sin könsroll, sin sexuella identitet – ja, då måste det ju vara ditt fel om jag inte fick till det. Du verkade ha en alldeles solklar sexuell identitet, men på något vis hade du undanhållit mig den. Jag ville ge igen. Jag ville att du skulle bli varse vilken plåga du ställt till för mig. Jag ville stå naken inför dig och säga: 'Se vilket lidande du åsamkat din egen son, se hur du har stympat honom!' Minns du att jag faktiskt gjorde några trevare åt det hållet? Det hände då och då att jag ställde mig naken inför dig. Jag fick förstås aldrig ur mig något, men jag stod där naken – som av en händelse – och hoppades att det skulle hända av sig självt, att du skulle känna vad jag ville. En gång när jag var hemma i förkylning och du tagit ledigt från jobbet för att deklarera, då gick jag omkring hela dagen i lägenheten, spritt språngande naken. Du sa till mig att ta på mig något varmt så att jag inte skulle få feber. Du märkte ingenting."

Nog märkte jag! Jag mindes den där dan som om jag sett den tio gånger i repris på video. Där struttade han runt i lägenheten, min son, utan en tråd på kroppen, och jag undrade vad det tagit åt honom. Vi hade visserligen den principen i vår familj att nakenhet skulle vara något alldeles naturligt, men det brukade ju ta sig lika måttliga uttryck som i vilken familj som helst, oavsett dess principer. Jonas var ingen atlet precis, inte den håriga bringans karlakarl. Inte heller anmärkningsvärt bestyckad. Men där gick han och ståtade, som en tupp i hönsgården.

Jag såg det så. Han visade upp sig. Jag tänkte att det var något slags frigörelseprocess. Jonas var nästan tjugo år då, och behövde väl på något underligt freudianskt vis demonstrera för sin far att han nu var en hel karl och inte längre beroende av mig. Tänk, som våra tankar gick förbi varandra.

"För mig blev det ytterligare bevis på att det var din okänslighet som ställt till det för mig. Din likgiltighet, ja ditt förakt för mig, som om du redan från början sett att jag inte var någon riktig karl och du inte hade lust att göra det minsta åt saken. Och så var det en sådan bagatell, när Marie kom. Jag kunde inte fatta! Vi bara träffades, den där eftermiddagen på arbetsförmedlingen, drack te hemma hos henne, och så – vips – hade vi knullat. Snopet. Som att halka på ett bananskal, och jag slog mig inte ens. Fast jag blev ju rätt öm. Vi låg med varandra fyra gånger den natten, jag hade en del att ta igen, och jag kunde inte så mycket som blunda förrän kvällen efter. Marie fixade till det hela på ett ögonblick – men henne tyckte du illa om!"

Så mycket hade jag själv konstaterat och frustrerats av. Marie kom som en räddande ängel, en vårvind i min sons liv, och jag kunde inte bli av med mina känslor av agg mot henne. Redan när Jonas första gängen kom dragande hem med henne, i vårt första handslag, väckte det i mig ett stänk av misstänksamhet och reservation. Min son rodnade av stolthet och lycka, Marie log mot mig med en tydlig attityd av tålmodighet gentemot sin pojkvän och total likgiltighet för hans föräldrar.

Det var inte hennes ointresse som besvärade mig. Hennes känslor hade inte ett dugg med det att skaffa. Vi sa hej och presenterade oss hastigt, mumlande, och genast började jag oroa mig för hur hon skulle komma att skada min son. Vid det laget var jag klar över att Jonas inte precis var någon Don Juan, så förmodligen skulle hon snart nog överge honom, säkert så abrupt och okänsligt att han skulle falla ihop och bli ett vrak av det. Jag visste av egen bitter erfarenhet att människor har kort tålamod med de vilsna och otillräckliga. Jag hade i min egen ungdom fått några rejäla smällar på det viset. De sved alltjämt.

Om jag, som ändå klarat mig ganska hyfsat genom kärlekens gatlopp, ännu hade brännande ärr efter de första misslyckandena – hur skulle det inte svida i min son? Förödande, säkert.

Jag blev rädd, helt enkelt. Att hon såg ut som reklam för schampo, log som om hon verkligen menade det och hade bröst som klarade sig utmärkt utan behå – det gjorde mig alltså bara ännu oroligare, ännu mer vaksam. Hon så att säga spelade i en högre division än jag kunde tro att Jonas hörde hemma i.

"Jag bestämde mig för att du var avundsjuk", sa Jonas. Det bestämda tonfallet avslöjade att han fortfarande höll fast vid den tesen. "Det var efter skilsmässan och innan du blev ihop med Kristin, så jag kunde slå vad om att du var avundsjuk på mig. Marie var ju en sådan pärla och jag såg nog hur du spände blicken i henne..."

Visst var det ett slags avund, det märkte jag sedermera, men inte som han trodde. Jag var avundsjuk på Marie, som med de enklaste och äldsta verktyg hade stulit ett hjärta som jag ägnat tjugo år av välvilja och ansträngning åt att snärja.

Naturen är en grym ordning. Här är man som förälder sina barns allt under hela deras uppväxt, ägnar dem sina bästa år, och så det tjugonde året kommer en flicksnärta och gör allt om intet på en knapp minut. Allt hon behövde göra för att erövra min sons kärlek och hängivenhet, var att dra ner blixtlåset i hans gylf.

Visst var jag avundsjuk! Sådant blir man dum av. Att

Jonas över huvud taget kommit med henne till mig var i själva verket i viljan att dela med sig, att visa sin käre far hur vänligt ödet varit mot honom, för att vi skulle glädjas tillsammans. Men jag tolkade det som en frigörelse, ungefär som skinnjackan. Ett sätt att trycka kniven i mitt bröst och vrida om. Hå hå, ja ja.

"Ibland, pappa... ibland kändes det faktiskt som om jag ville dela med mig av henne med dig. Helt och hållet."

Nu, äntligen, stack han sig på rosens tagg. Jonas ryckte inte till, sa inget, bara stoppade fingertoppen i munnen när den första blodsdroppen kom.

Så småningom kretsade mina tankar alltmer runt de underligheter jag blivit varse vid min sons besök. Vad var det för länk vi etablerat, hur kom det sig att jag med mina tankar och känslor tycktes smitta Jonas, trots att jag inte kunde yttra ett ord, trots att mitt ansikte var fullständigt renons på minspel? Mer än en gång hade han reagerat på ett sätt som knappast kunde vara annat än resultatet av vad jag just då tänkt eller känt. Hans reaktioner hade varit precis lika distinkta, lika följdriktiga, som om jag rest mig ur sängen och rutit rakt in i hans öra.

Var det mitt behov att nå fram, att kommunicera fast kroppens alla organ inget dög till, som tvingat fram en annan form av meddelanden? Växte tankens kraft i samma grad som kroppen försvagades?

Telepati. Jag hade aldrig varit helt låst för möjligheten, verkligen inte. Så mycket lär man sig av livet, om man inte kämpar frenetiskt emot sådana upptäckter, att det inte alldeles säkert är som naturvetenskapen beskriver det. Bara sådana enkla egenskaper i oss människor som intuition och fantasi, till fullo accepterade av vetenskapen, för med sig perspektiv på tillvaron som räcker mycket längre än vår världsbild har bevis för.

Fantasin, den vidunderliga, kan ju måla upp – med påträngande skärpa – allt möjligt och omöjligt, det obefintliga lika lättvindigt som det vi känner till väl. Hur skulle den kunna göra det om människans hjärna vore blott en lagerlokal för våra direkta erfarenheter? Och intuitionen, som leder också vetenskapen till de riktigt stora landvinningarna – hur skulle den kunna hoppa från aldrig så många kända element till en ny slutsats, om hjärnan bara hade att koppla ihop minnen och erfarenheter som pusselbitar?

Tja, säkert finns det förnuftiga resonemang som tillfredsställande besvarar sådana frågor, men med dylika har aldrig min intuition eller fantasi låtit sig nöja – de tycks peka på något annat, något större. Fast det mest var i ungdomen jag ägnade sådana tankegångar särskilt mycket tid, har jag alltid bevarat respekten för metafysiken och inte någonsin låtit ett materialistiskt perspektiv erövra mig – även om jag under långa perioder levat endast efter det och inget mer.

Alltför långa perioder, måste jag medge, och de har både runnit hastigare förbi och haft en mer fadd smak såväl i stunden som i minnet, än de där ungdomsåren när min hjärna svindlade av stora, mörka, strålande, oförklarliga perspektiv.

Till och med på konfirmationslägret, när jag som trånande fjortonåring inte hade mycket mer för ögonen än att försöka komma innanför trosorna på den där blonda flickan från andra sidan stan – hon hette Annika eller Anette, jag minns faktiskt inte – till och med då levde betänksamheten sitt eget lilla liv i min bakskalle: jag visste att det fanns mer att hämta på konfirmationslägret än denna erotiska erövring, och jag lovade mig själv att snarast efter att ha rönt framgång med förförelsen återkomma till detta stora andra.

Visserligen lyckades jag varken med det ena eller andra, men ingen kan påstå att jag inte försökte.

Min tilltänktas trosor blev det i stället kompisen Johan som halade, en natt när jag utvecklade mitt mörkerseende och inte hade minsta tanke på att somna. Hans säng stod bredvid min. De fnissade som när man blir kittlad – men kvävt, för att inte väcka någon.

Jag tror att hon drogs mot Johans säng, fast han inte visat henne något som helst intresse, bara för att ge mig en läxa och riktigt stryka under hur liten chans jag hade på henne. Det var en demonstration av att hon hellre offrade sig åt vem som helst än just mig. Jag hade alldeles för tydligt visat henne vad jag önskade. Och sedan hade ju Johan en väldigt yvig frisyr.

Han kom i alla fall inte längre, att döma av knirrandet från sängens resårbotten och deras silhuetters koreografi i natten, än till diverse tafsande utan framtidsutsikter. Sådant kan vara etter värre än att ligga bredvid och bli utan, lärde jag mig långt senare – men så såg jag det sannerligen inte då.

Med det andliga kom jag åtminstone så långt att jag en gång försökte mena något med att läsa Fader vår, vilket mest gjorde mig konfys och verkligen inte gav känslan av något högre, nådigt väsen som plötsligt lyssnade på mig. En annan gång kysste jag det lilla krucifix på silverhalsband som en av flickorna lagt ifrån sig. Då tänkte jag att man nog borde bli katolik om man skulle ge sig på det där med kristendomen ordentligt, men någon särskild upplevelse fick jag inte av det. Å andra sidan är det inte alldeles säkert att jag lyckades kyssa krucifixet utan minsta tanke på den där Annette eller Annika.

Mitt religiösa behov ville, lika lite som det sexuella, ge upp. Kanske hade de med varandra att göra, som något slags omaka par. Det var antingen eller. När flickor vände sig ifrån mig, då vände jag mig med större intresse mot metafysiken – och tvärtom. Det var ändå inte falskt, på något håll. De båda intressena var centrala för mig, de hade bara svårt att samsas om min tid. Det märkte jag något år senare, när alltihop krockade i skepnad av Margareta, en flicka som var hängiven Pingstvän och ackompanjerade mina trevare på hennes lekamen med innerliga frikyrkliga haranger.

Hon hade nog samma problem som jag. Var hennes eftergifter bara ett sätt att frälsa en stackars syndare, eller var kanske predikandet en ursäkt för hennes eget förfall? Jag tyckte mig nog märka, fast mina mätinstrument på den tiden var högst osäkra, att hon släppte till av fler skäl än kristlig självuppoffring.

Hon brukade förstås sätta stopp, men först efter att hon fått en ganska omfattande service av mig. Jag lirkade och lirkade, och mitt hopp – liksom en del annat – stegrades. Just som jag trodde att det skulle vara grönt, då kom avbrottet. Hon flyttade sig inte, rättade inte ens till kläderna – bara hejdade mig där hon låg, alldeles öppnad. Att jag stod ut!

Samma med det himmelska: hon kunde berätta för mig att det fanns någon däruppe som älskade mig och som skulle ordna allt till det bästa om jag bara öppnade mig för honom – mer var det inte. Hon fick ta om och ta om, precis som jag. Vi kom väl ungefär lika långt. Jag lyssnade och nickade, speciellt som mina händer samtidigt hade sina ambitioner, men hon fick mig aldrig till att sätta mig på knä och be tillsammans med henne.

Det skulle ha sett ut det, för Vår Herre. Två tonåringar i unison bön, med gossens hand kramande flickans ena bröst under jumpern. Jag tänkte att det fanns bättre sätt att presentera sig för den andliga överheten. När ett par månader gått utan att någon av oss lyckats med sina föresatser, då sågs vi inte mer. Jag tyckte att jag gick rakt in i det strålande ljuset och att hon sjönk ner i ritualers och självtuktans unkna dunkel. Det var inte alltför svårt att gissa hur hon såg det.

Nej, min andliga näring fick jag i de utomkristna, ockulta världarna. Där fanns så få flickor att erotiken inte hade mycket spelrum – å andra sidan hade onekligen de magiska övningarna ändå en hedonistisk air, minst sagt.

Det hände ibland i tonåren att vi samlades, några kamrater, sent om natten i ett rum med dämpad belysning, och prövade anden i glaset. Har alla gjort det någongång eller var vi en sällsynt bisarr skara? Vi placerade försiktigt våra pekfingertoppar på ett upp- och nedvänt glas, som snart började glida fram och åter över en pappskiva där vi tecknat alfabetets bokstäver i cirkel. Genom att glida mellan bokstäverna stavade glaset svar på våra frågor, som snart blev ganska kusliga.

Det var ett slags seans. Vi omringades av mörkret, trollbands av glasets obegripligt säkra färd över alfabetet, ryste och häpnade över svaren – ibland lättbegripliga självklarheter, ibland kryptiska och ibland rent skrämmande. Bakom svaren skymtade då och då en ganska spydig humor – och en skarp gräns för vad anden i glaset alls kunde ge upplysning om. De stora hemligheterna, sådant som gällde meningen med alltihop, gick glaset bet på. Där blev svaren bara rent nonsens.

Den som var på tur att fråga skulle hålla glaset till munnen och viska frågan så lågt att ingen annan kunde höra. Han fick sedan inte vara med och lägga sitt pekfinger på glaset, för att inte störa svaret med sina egna förväntningar. Vi var riktigt empiriska med det hela.

Jag minns att jag en gång ställde den för mig mest centrala frågan, så gott jag kunde formulera den: Varför finns jag till? Det vore skönt att veta, tyckte jag, och stirrade förväntansfullt på glasets färd mellan bokstäverna. Det blev bara tre bokstäver innan glaset återvände till utgångsläget på pappskivans mitt: M-O-R.

Ett korrekt svar, det medges, men inte alls vad jag hade hoppats på. Jag förstod att glaset hade en övre gräns, och snart gjorde denna att mitt intresse svalnade. Allt vad glaset kunde svara på blev betydelselöst i jämförelse med vad det inte klarade av.

Ungefär detsamma blev jag senare varse när jag prövade spådomskortleken Tarot och den kinesiska boken I ching. En hel del av förflutet och framtida var lika lätttillgängligt som kvällstidningarna i närmsta kiosk, men de väsentliga klargöranden som verkligen skulle betyda något för själ och sinne – sådant ville ingen av dessa metoder röra vid. Så jag tappade med tiden intresset.

Redan när jag var sådär elva eller tolv började jag leka med hypnos. Jag hade läst någon bok om det, med begripliga instruktioner. Vilken magi!

På sommarkolonin det året hypnotiserade jag var och varannan, genom att dingla en halskedja framför ögonen på mitt offer och rabbla de oändligt enformiga suggestionerna: 'Dina armar och ben känns tunga, mycket tunga... du andas regelbundet och djupt... armar och ben känns tunga... regelbundet och djupt...' Bara att på detta sätt vagga dem in i ett slags sömn var spännande, som promenader i mörka källarvalv. Jag gjorde inte mycket mer vid den tiden än att söva dem.

Till och med en av magistrarna på kolonin lyckades jag prata in i dvala, fast han från början med bestämdhet slagit fast att det var nonsens, alltihop. Där låg han snart och sov, stora karlen, och vi pojkar fnissade en god stund åt honom, innan vi stack ut och badade och spelade fotboll som vanligt. Han förde det aldrig på tal därefter.

Några år senare hade jag kommit så långt att jag förstod att ge posthypnotiska suggestioner – uppdrag för de hypnotiserade att utföra när de vaknat upp. Det fungerade lika överraskande smidigt. Mina första experimentoffer skulle bara bli törstiga, nypa sig i örat eller säga något dumt, men med tiden blev suggestionerna mer komplicerade.

De gav också inblickar i hur människosinnet fungerar. En kompis hade jag befallit att kliva ut i regnet vid en viss signal. Han gjorde så, men måste tydligen på något sätt finna ett förnuftsmässigt skäl för det, så han klädde av sig och ställde sig att tvätta håret ute på gården. Schampot skummade om huvud och axlar i spöregnet, och han vägrade att tro annat än att han alldeles själv valt att sköta om hygienen på detta vis.

Sedan började jag flytta dem i tiden – jag hade läst någon bok om det. Att förpassa dem till svunna stunder var ingen konst alls, och när det slog mig att också flytta dem framåt i tiden fann jag till min förvåning att det gick precis lika smidigt. Det fungerade utmärkt, fast jag själv hade trott att det var omöjligt.

Mina försökskaniners föregående liv dök också upp på mitt kommando. De var dock alldagliga, för att inte säga sorgliga. Bönder, torpare och fattighjon, gråa liv i armod och umbäranden. Som en yngling med lysande framtidsutsikter blev jag rätt mollstämd av dessa inblickar och undvek dem.

Men det fanns undantag. En kompis hade jag under hypnosen befallt att gå tillbaka till år noll – jag menade vår tideräkning, men han måste ha tolkat det annorlunda. Han berättade att han befann sig på ett rymdskepp i lång färd bort från sin födelseplanet, som blivit obeboelig. Jag flyttade honom försiktigtvis framåt i korta tidsintervall och följde besättningens bosättning på jorden, deras kamp för överlevnad och flykt undan jordborna. Jordens ursprungliga befolkning var primitiv och aggressiv, så invandrarna från världsrymden höll sig undan. Jag frågade min kompis om de inte kunde försvara sig med sin avancerade teknologi, men han svarade:

"Vi tror inte på sådant."

I stället flydde de från varje möte med jordbor.

"Då får ni väl springa fort", sa jag i ett försök till spydighet – jag kunde inte riktigt fatta att jag hörde rätt. Det var alltför mycket som en av de där amerikanska böckerna om besökare från yttre rymden.

"Det kan vi", svarade han lakoniskt.

Alla tecken tydde på att han verkligen befann sig i djup hypnos – dessutom var han verkligen inte den som någonsin givit prov på så vidsträckt fantasi. Ändå kunde jag inte acceptera att det han berättade var sant – ens i hans egen föreställningsvärld. Min osäkerhet ledde till att jag aldrig gjorde om försöket med honom, fast det vore ett underbart fält för fortsatta experiment. Jag ville lika lite upptäcka att det var sant, som att det bara dykt upp ur hans undermedvetna fantasi. Jag tror att det var min rädsla och min förhoppning som krockade med varandra.

Min kompis var själv alldeles konfys när jag väckt honom ur hypnosen, och mindes inte ett dugg av vad han sagt. Han tyckte väl att jag fått stora snurren.

Egentligen borde jag av allt sådant ha dragit definitiva slutsatser om det som brukar kallas öververkligheten – till exempel att den existerar. Men dit nådde jag ändå inte. Jag sa till mig själv att det säkert fanns naturliga förklaringar. För att inte bli besviken på sådana, som brukar vara renons på både poesi och hopp, valde jag att inte forska vidare. Det kändes skönare att gömma minnena av dessa små underverk i bakhuvudet, skyddade från avslöjanden, så att de fortfarande gick att tolka som indikationer på detta större andliga plan, den öververklighet som såväl barn som vuxna innerst inne törstar efter.

Ja, vi törstar alla efter den.

Och så – på min dödsbädd – dök alltihop upp igen. Long time no see. Jag kände så väl igen det svindlande perspektivet, min nyfikenhet och rädsla i kittlande blandning. Det var lika spännande och frestande som erotiska drömmar om den vackraste, ouppnåeliga kvinnan. Jag var rädd för att fångas upp av mina känslors virvelvind, jag ville hejda tankarna, bromsa förhoppningarna – återigen för att inte riskera besvikelse.

Men det som hänt med min son lät sig inte glömmas. Han hade känt av mig, han hade påverkats av mina tankar. Vad betydde det? Vad måste det innebära om verkligheten?

# 3

Hon öppnade med en klassisk filmreplik:

"Det verkar minsann som om du är glad att se mig."

Kristin lutade huvudet bakåt och skruvade till ögonbrynen i den härligt vulgära min som hon var en mästare på.

"Och jag som trodde att du var alldeles död för omvärlden."

Minen frös till ett ögonblick, när hon kom på hur respektlöst hennes ord föll, men sedan kastade hon tanken av sig. Egentligen trodde hon att det bara var en slump och inte hade ett dugg med hennes närvaro att göra. Jag hade nämligen fått stånd – ett litet ett, visserligen, men ändå tillräckligt för att få täcket att puta uppåt. Och visst hade det med henne att göra, direkt och uteslutande.

Min enda påtagliga reaktion på omvärlden – en så betydelsefull ingrediens i tillvaron är sexualiteten. Det var rimligt och passande att mitt livlösa kolli inte reagerade på något annat sätt än med könet. Sedan var ju också Kristin en ljuvligt aptitlig kvinna.

Under de år vi hunnit tillbringa i samma säng hade lustan inte mättats – tvärtom. Det blev bara bättre. Hennes hud som rodnade, bara jag började knäppa upp hennes blus eller dra i hennes tröja, lårmusklernas spänst och värme, den långa tungans iver, skötets vidöppna portar och ångande innanmäte. Hon kunde styra slidmuskulaturen mästerligt, så att den kramade och drog i mig när jag trängt in i henne. Inte tröttnar man väl någonsin på sådant?

Bara sättet hon grep i mina skinkor när jag besteg henne – mjuka klor, hårdhänta och ändå kittlande, drog isär skinkorna som för att tränga in i mitt anus, och så, i ett välvalt ögonblick, ändrade hon fingertopparnas vinkel så att naglarna skar mot huden. Hon kunde sin sak, det var inte ett dugg konstigt att jag fick stånd även i detta läge.

Kristin var förstås yngre än jag, så gör väl varje karl när han slitits ifrån sin familj. Bara sex års skillnad ändå, och vad är det i medelåldern? Vi var jämlikar, vilket gav ettlugn från båda håll, en lätthet att foga sig efter varandra – och, ska erkännas, ett visst mått av cynism. Vi räknade inte med några underverk, bara att hyfsat härda ut med och ha glädje av varandra. I stället för den stora kärleken.

Sedan hade det under dessa få år visat sig att denna liknöjdhet ledde till en intimare, mera vilsam och därmed på sätt och vis fagrare kärlek.

Det har kanske enbart med åldern och mognaden att göra. Hade vi kunnat nå detsamma med våra före detta respektive, om vi inte strax innan den fasen i livet brutit med dem? Och brutit med dem hade vi kanske gjort just för att det hörde den åldern till. Nej, snarare för att vi valt våra före detta i betydligt yngre år, med yngre ögon och hjärtan. Varje ålder har sin sorts kärlek.

Som det såg ut på täcket var det för denna min ålder fråga om något utpräglat sexuellt. Tja, i viss mån alldeles riktigt.

Min son hade överraskats av hur avspänt och självklart sex kunde vara med Marie, men jag kunde slå vad om att det ändå var en sträckbänk i jämförelse med vad jag och Kristin kvickt nådde – och det utan att förundras ett dugg. Det är en av de stora välsignelserna med att bli vuxen, att åldras: man blir klar över och slutar våndas för sina lustar.

Enbart sex var det ändå inte. Tvärtom var det för att sexualiteten äntligen flyttats ner från sin ungdomliga piedestal, som den blivit lika odramatisk som skön. Kristin hade andra företräden, som ledigt överröstade även hennes älskogsläten. Hon bevisade det genast med sitt nästa yttrande:

"Läkarna må säga vad de vill, jag är ändå säker på att mina ord når fram till dig." Hon betraktade intensivt mitt ansikte. "Det måste vara så. På något sätt uppfattar du mig. Jag menar – dina öron sitter ju kvar och din hjärna fungerar fortfarande, annars skulle de ju dödförklara dig."

Jag antar att det i själva verket var en allmän föreställning bland dem som kom på besök, eftersom så gott som samtliga talade till mig. De räknade med att jag hörde dem. Men hos de andra var det nog en undermedveten aning, kanske bara en önskan. Kristin kunde inte med några stängda dörrar. Hon inte bara trodde, utan begärde att det skulle vara på det viset – begärde av mig, av den medicinska tekniken, ja av själva naturen. Vi stod så gärna till tjänst.

Skulle hon med samma järnvilja kräva min överlevnad?

Själv var jag underligt kluven. Visst längtade jag lika uppriktigt som uppenbart efter hennes famntag, att få rulla med henne i dubbelsängen, men också de stilla supéerna efter midnatt med behärskat läppjande på ett tungt, rumstempererat rödvin och tuggande på en vällagrad sveciaost skuren i tärningar, kryddad med paprikapulver. De tokiga biobesöken då vi såg någon amerikansk snyftare, gav ifrån oss halvkvävda skratt under de känsligaste scenerna och därmed rörde oss på gränsen till att bli lynchade av den övriga biopubliken – en fånig sysselsättning, det medges, inte alls i paritet med vår ålder. Söndagspromenader genom stadens gator, allra helst när det regnade, så att vi fick trottoarerna för oss själva. Jag hade inte ätit mig mätt på något av allt det. Ändå kunde det göra detsamma.

Det som gjorde mig förbryllad var att jag inte alls kände så varmt för henne som för min familj. Hon betydde inte bråkdelen, väckte inga sådana svallande känslor och svindlande perspektiv som de gjorde. Kristin var som en lekkamrat, men de var mitt liv. Och jag som aldrig riktigt trott på det där med blodsbanden.

Jag kunde glatt acceptera att Kristins och min lek var slut, som när barn i sandlådan ropas hem till middag. Fast hon stod framför mig lika frestande, lika uppfriskande som någonsin, hade jag inga svårigheter med att ta avsked från henne, inte ens att behöva göra det utan ord, utan någon form av kommunikation. Var vår kärlek så mogen att den även bestod detta optimala prov exemplariskt – eller var den, när det kom till kritan, så ytlig?

Det blev nästan så att jag skämdes för mina känslors lättvindighet. Hade jag bara utnyttjat henne för egna enkla behov, ungefär som den i kärlek sårade kan bli igel på – även förförare av – sina vänner? Nå, i så fall var det ömsesidigt.

Äsch, det fanns inget att skämmas över i vår relation – den visade bara sin rätta plats. Den hörde livet till – ett vuxnare, kanske i viss mån desillusionerat eller i alla fall avdramatiserat liv – och svalnade därför automatiskt när jag låg där och höll på att lämna det.

I så fall, vad hörde min familj till, om inte – lika uteslutande och tynande – livet? Kan blod vara så mycket tjockare?

Det här med kvinnor – jag blir alltmer konfys av det. Tvillingarna, mina döttrar, hälsade på och gav mig något av en föreställning.

De har förstås var sitt liv nu, med man och barn och hem på varsin sida av stan – ändå kom de tillsammans till min dödsbädd. Jag hade inte väntat mig något annat. Varken deras makar, som jag inte varit särskilt angelägen att lära känna ordentligt, eller deras barn, som i alla fall var för små ännu för att kunna göra sig några bestående minnen av sin morfar, hade de tagit med sig. Lika så gott. För såväl tvillingarnas äkta män som deras barn gällde faktiskt vad min son i onödan våndats över – jag ville inte att de skulle se mig i detta skick.

Med tvillingarna själva spelade det ingen som helst roll, varken för dem eller mig. De hade ju genom åren sett mig i varje tänkbart ljus, och det här var i jämförelse långt ifrån min sämsta dager.

Själva såg de ut som solstrålar, pigga i såväl klädsel som

makeup, och hade överlag samma muntra attityd som vid ett midsommarbröllop. Kvickt konstaterade de att jag inte gav minsta reaktion på tilltal och inte på något sätt visade att jag ens varseblev deras närvaro. Elisabeth viftade med handen alldeles framför mitt ansikte. Anna lutade sig ner och frågade, med munnen några centimeter från mitt öra:

"Pappa, kan du höra oss?"

De betraktade mig en kort stund, tysta och stilla som i zenmeditation.

"Ingen idé", sa Elisabeth sedan. "Han är i koma, helt klart."

De drog fram varsin besöksstol till sängkanten och slog sig ner, lika ledigt och självklart som vid två reserverade platser på tåget.

"Vi får nog räkna med att han inte vaknar upp mera."

"Det kanske är lika så gott för honom."

Visst lät deras ord hårda och tvillingarna gav oförskräckt intryck av att inte bry sig särdeles i mitt öde. Men de behövde inte förställa sig. Jag kunde mina tvillingar tillräckligt väl för att veta vad de kände för mig – utan några åthävor från deras håll. Inte heller behövde de bevisa sina känslor inför sig själva eller varandra. De höll verkligen av mig, de små liven, lika mycket som de gjort sedan stapplande barnsben. Min sorgliga belägenhet gjorde varken till eller från.

"Jag tycker i alla fall att han ser ut att vara behaglig till mods", konstaterade Anna. "Riktigt stilig, faktiskt."

"Man kanske blir sådan av koman. Den där totala avslappningen borde ju göra ansiktsdragen slätare."

"Ja, något ska man ju ha för det."

Det är en utpräglat kvinnlig förmåga, detta att kunna förhålla sig så ledigt till ödets tunga slag! Kanske beror det på att kvinnorna är de huvudsakliga verktygen för människors födelse. Därför kan de även ta döden som något självklart. Vi män vill alltid revoltera mot allt som vi inte själva valt eller framkallat – även sådant som vi gynnas av.

Hur många gånger har jag inte själv saboterat lyckosamma vändningar i livet, bara för att de inte var mitt eget verk? Kvinnor gör inte så, lägger inte alls den aspekten på livet.

Det lär mer och mer stå klart för den medicinska vetenskapen att det mänskliga embryot inte är en hjälplös, passiv klump i kvinnans livmoder, utan en parasit som biter sig fast och tar för sig. Rena monsterfilmen, om man tänker på det. En liten varelse som uppstår i kvinnans inre och sedan under nio månader suger näring ur henne och växer sig allt större, för att därefter tvinga sig ur sin värdkropp genom ett alldeles för litet hål. Det är klart att ett så stort offer i samband med fortplantningen tenderar att göra kvinnan mera foglig inför ödets direktiv och nycker.

Tvillingarna kunde utan ångest se mig tyna bort, eftersom de visste att det var oundvikligt – i det stora hela på sätt och vis nödvändigt. De var tillfreds med att behålla mig i sina minnen, såväl mina goda som dåliga sidor, utan att betygsätta dem.

Jag anade också, där de satt vid min sjuksäng och formligen paraderade med sin kvinnliga upphöjdhet, att de visste sig bevara mig i sina egna barns blod. Ja, det var som om de stulit min personliga essens, mitt egentliga väsen, genom att föda avkomma. Nu var stafettpinnen slutligen ryckt ur min hand och placerad i de små parasiternas minimala nypor. Jag hade haft ett vagt intryck av det när jag hälsade på vid tvillingarnas barnbördssängar – de födde med bara några veckors mellanrum – och jag kände det allt starkare när de nu satt och höll ögonen på mig. Min säd, min rätt till jordelivet, hade gått ifrån mig.

Faktiskt var det något slags vakttjänst. Elisabeth och Anna höll mig under uppsikt, så här under mina slutminuter, för att se till att jag inte plötsligt skuttade upp ur bädden, knyckte tillbaka stafettpinnen och satte av i språng mot ett nytt liv. Man måste följa spelets regler och den obevekliga turordningen. Visst flödade de av kärleksfullhet, mina tvillingar, men de hade inte blivit nådiga om jag försökte rucka på tidens gång – hur det nu skulle gå till – och beröva deras barn sin turordning i livet.

Min son skulle däremot ha jublat åt en sådan revolt.

Jag tror att det är så, när det kommer till kritan, att kvinnorna gillar livets villkor men männen avskyr dem. Alla kvinnor, alla män. Innebär det också i grund och botten att vi förhåller oss på samma sätt till varandra? Kvinnor gillar män, som i sin tur innerst inne skyr kvinnor. I alla fall är vi fundamentala meningsmotståndare.

"Vet du", sa Elisabeth, samtidigt som hon utan att stiga upp från stolen sträckte sig fram och rättade till mitt täcke. "Han ser så bra ut, pappa, där han ligger som till vila. Jag skulle vilja ta en bild på honom. Det vore väl ett fint porträtt, precis såhär?"

Hennes syster nickade och höll med. Sedan fnissade de lätt. Det skulle se ut, om de kom med sina kameror och började ta bilder, som turister på sightseeing. De kunde skämta obesvärat om alltihop, de har alltid haft en ganska drastisk humor. Men i deras miner och i tonen på deras fnitter fanns även en klang av triumf. Livets villkor – deras allierade – hade besegrat ännu en bångstyrig karl. Om inte deras seger varit så självklar för dem, skulle de säkert ha utbrustit i ett innerligt: 'Vad var det vi sa!'

Märkligt att jag inte blev bitter på dem – inte det minsta. Faktiskt höjdes värmen i mitt bröst, min kärlek till dem, just av det faktum att de betedde sig så hädiskt, att de inte var några lydiga Barbiedockor. Jag var stolt över deras seger, fast den skedde på min bekostnad. Deras lättsinne kittlade mig, deras visshet imponerade på mig.

"Det är konstigt", sa Anna. "Jag har nog aldrig sett honom så lugn och fridfull. Det har ju inte precis varit pappas stil. Ändå känner jag igen honom så väl, som om han är sig mera lik nu – som om det är så här han borde se ut. Jag tror att det är precis så jag kommer att minnas honom. De där spända dragen han hade när han for runt omkring oss med alltför mycket att göra på alldeles för kort tid – dem kommer jag att glömma först. Tänk att pappa, som alltid varit så... så frustrerad, ska se så nöjd ut på sitt yttersta. Det var då för väl. Jag hoppas verkligen att det stämmer, att det är en sann bild av hur han egentligen har det i sitt inre."

"Du vet ju hur det är", replikerade hennes syster nästan hurtigt. "Det är när folk sover eller är berusade, som de visar sitt sanna jag."

"Men hur kommer det sig då att pappa alltid varit burdus, ja du vet, så där regerande, när han varit full?"

"Tja..." svarade Elisabeth svävande, "...jag tror att det var själva berusningen han inte gillade, att lite grann förlora kontrollen. Han har ju alltid varit så mån om att hålla stilen."

Jag hade svårt att känna igen deras karakteristik av mig, såväl i nyktert som berusat tillstånd. Nog visste jag att flickorna hade synpunkter på mitt beteende och kunde tänka sig förbättringar på diverse punkter, men att de skulle sammanfatta mig med dessa ord – det hade jag inte gissat. Själv såg jag mig hellre som den karaktär jag i koman gav intryck av och ville gärna hålla med Anna om att det borde vara i denna dvala som jag visade mitt sanna jag, även om det också torde ha några betänkliga konsekvenser.

\*

Det var Elisabeth som kom först, både vid sin egen födelse och med sitt barn. Tvillingfödseln var en pärs för deras mor. Stackars förstföderskan fick gå två ganska tuffa matcher på raken. Inte för att hon klagade – tvärtom, hon bet ihop och sa: 'Det var väl inget.' Efteråt, vill säga. Hur hon lät under själva förlossningen har jag ingen aning om. Under det dryga dygn hon kämpade i barnsängen försökte jag koncentrera mig på jobbet, teveprogrammen och sänglektyren.

Det var innan fäders medverkan på förlossning blivit modernt. Jag våndades i två raffinerade smärtor: dels allt vad min fantasi målade upp om min hustrus plågor och dels samvetskvalen för att genom mina droppar av sädesvätska vara skyldig till dem.

Teveprogrammet slutade ju redan vid tio, på den tiden, så jag försökte läsa mig till sömns med någon tung klassiker. När inte heller det fungerade började jag plöja igenom min samling av gamla serietidningar – det var väl ett slags regression till den trygga barndomen, när inga så omvälvande oväder någonsin brakade loss.

Vid fyratiden på morgonen väcktes jag ur en ytlig slummer på en bädd av skrynkliga serietidningar. Det var morgontidningen som dunsade ner i brevlådan. Sedan blev det till att vaka. Jag svor över min åtrå, som ställt till det så för mig och ännu mer för min fru.

Det där med barn var något alldeles abstrakt för mig, det var hon som velat det. Jag sa ja, förmodligen mest för att hon inte skulle sätta sig på tvären och knipa ihop sina lår för mig. Visst spelade jag i det sammanhanget en tjusig teater. När hon vid en av våra herdestunder deklarerade att nu var hon befruktad, det kände hon på sig, då tänkte jag tokfan men suckade leende precis som hon och deltog i andaktsstunden. Jag fick lägga min handflata på hennes mage, som om födelseprocessen redan skulle knaka och vibrera därinne. Svårare hade jag att vara lyrisk när hon efter den stunden blev alltmer ovillig till älskog.

Natten när hon födde var jag uppfylld både av smärta – all den inbillade – och av den under flera månader uppdämda, bultande, bankande kåtheten. När jag besökte henne på sjukhuset visade hon stolt upp två små skrynkliga, rosa klumpar, men jag sneglade på hennes bröst och höfter, som avtecknade sig mot täcket. Jag var ju ung, bara något över tjugo.

När Jonas föddes några år senare skulle jag vara med vid förlossningen, heja på och pusta, hålla handen och allt det där. Följden blev i min sinnevärld den diametralt motsatta: där tvillingarnas nedkomst väckte mitt begär efter min frus sköte, kom Jonas födelse att så gott som släcka det. Jag fick ju bevittna hennes smärta, även höra den! Visserligen gick det betydligt smidigare denna andra gång, men det var sannerligen illa nog.

Dessutom gjorde ju den lilla krabaten sin entré genom just den passage jag dittills velat betrakta som min alldeles egen parkeringsplats. Han var inte stor, men ofantligt mycket större än min utrustning. Att erfara hur stor kropp hennes gård kunde inringa, hennes källare svälja, kom mitt stackars kön att krympa av mindervärdeskänslor. Förr hade jag åtminstone stundtals upplevt mig själv som riddaren vars lans spetsade den väna jungfrun. Efter att ha bevittnat Jonas födelse kunde jag på sin höjd jämföra vår kärleksakt med ett barns entré i Lustiga huset.

Vi fortsatte med vårt sexliv, naturligtvis, men jag tror att det ohjälpligt hade förlorat den vidunderliga grad av tjusning som jag dessförinnan ibland känt. Könet på det barn, vars passage genom min hustrus sköte jag bevittnade, spelade nog sin roll. Det var en man, som redan vid sin födelse hade fyllt min kvinna mer än jag någonsin kunde, och sannerligen givit henne en upplevelse. Jag hade brädats av min son. Det kan undermedvetet ha givit vår relation en beska alltsedan dess. Och han trodde att det varit min överlägsna manlighet som näpsat honom!

Vi människor må ha kläder, bilar och sinnrika apparater i vår tjänst, men vi beter oss i grund och botten som djur. Djuriska drifter styr oss, djuriska känslor färgar våra intryck. Min son och jag blev från hans födelseögonblick rivaler om samma kvinna – vilket förmodligen betydde att vi blev rivaler om alla kvinnor. Så krångligt som det kan bli med sexualiteten är det ett under att vi människor alls fortplantar oss.

Det är nog en riktigt korkad idé, det där med faderns medverkan vid förlossningen. Förr i tiden var männen bannlysta och kördes på porten så fort värkarna kom. Det var kvinnor som hjälpte till att förlösa barnet, kvinnor som bevittnade kvinnokönets rasande kamp och ofantliga resurser. Männen kunde, lyckligt ovetande, fortsätta med sin avel.

Kanske ska ett och annat ljus komma att gå upp för Jonas när det blir hans tur att medverka vid en förlossning, tänkte jag på gränsen till hämndlystet. Jag ville att det skulle bli så – även på bekostnad av hans sexlivs bästa poänger – om det kunde föra med sig att han kom mig närmare, förstod mig bättre. Jag ville att han med hjälp av sådana erfarenheter, och av livets hårda skola i största allmänhet, skulle bli mindre av en son och mer som en bror till mig. Jag ville att vi blev bröder.

Jag ville prata med honom.

Varför återkom mina tankar ideligen till Jonas? Mina döttrar, deras mor, min älskarinna och många andra dök upp i mitt huvud då och då, i alldeles rimliga proportioner, men min son hade en annan frekvens. Mellan varven återkom mitt medvetande alltid till honom, ungefär som en studsande gummiboll slår i golvet mellan varje luftfärd, allt oftare och kvickare i krympande parabler, för att till slut landa för gott. Jonas blev alltmer mitt golv, måttstock för mitt liv och för alla andra personer i det.

Avbild. Jag ville väl helst ha honom till det, eller uppfattade honom som en sådan. Kvinnor begrep jag mig inte riktigt på, måste erkännas – kanske inte heller män, egentligen, men där kände jag ändå en länk, ett oomtvistligt släktskap. Min sons blodsband var verkligt för mig, påträngande tydligt. Med tvillingarna var det snarare en vag aning.

Han klarade aldrig riktigt av dem. I småbarnsåldern blev han ompysslad, ibland handgripligen uppfostrad, av Elisabeth och Anna. De använde tidvis Jonas som en livs levande docka, att mata, klä av och på och leka mamma, pappa, barn med.

Oftast var det Elisabeth som fick spela pappans roll, vilket de själva förklarade med att hon var några minuter äldre än sin syster. Att leka pappa brukade innebära att hon gick åt sidan och pysslade med sitt, för att bara då och då komma på besök, gripa Anna och Jonas i varsin hand och leda iväg dem till stora världen – andra sidan genomfartsleden – på en liten rundtur. Jonas var rädd för bilarna som susade förbi långt över hastighetsbegränsningarna. Flickorna älskade att korsa gator hit och dit med honom, för att sedan med rara små röster och gester trösta den stackaren och dämpa hans gallskrik.

När han blev grabb och skulle ut och busa med sina kamrater, då var tvillingarna i tonåren och tog till hobby att reta honom, utmana och såra hans begynnande manlighet. De var inte särskilt lömska, Gud ske lov, men det bet nog duktigt ändå när de klappade honom på huvudet inför hans kompisar och kallade honom lilla Jonteponken.

Vad tvillingarna och Jonas hade för relation när han kom i puberteten visste jag ingenting om. Jag såg bara att de fick allt mindre med varandra att göra och att tonen mellan dem blev ömsom närmast bitter och ömsom försiktigt diplomatisk. Men jag märkte att tvillingarna fortsatte att oroa Jonas, som om de höll honom fast i ett duktigt skamgrepp och när som helst kunde klämma åt.

Ibland verkade det som om han fick ta stryk för de agg som tvillingarna då och då kände mot mig. Kanske uppfattade Elisabeth och Anna, precis som jag, blodsbanden mellan mig och min son som de starkaste. Någon gång kunde jag få för mig att också hans mor gav igen på mig genom honom.

"Det var alltid Jonte som han var närmast. Pappa och Jonte hörde ihop, mot oss tjejer."

Se där! Nu hände det igen, mina tankar blev ord i en besökares mun. Anna kom med sin kommentar just som jag själv fångats av tanken. Var det en slump eller hade hon, precis som Jonas nyligen, smittats av vad som uppfyllde mitt huvud?

"Men snälla du", sa Elisabeth smått förmanande till sin syster, "du vet ju hur pojkar är. Och vi tjejer har väl egentligen hållit ihop på ungefär samma sätt."

"Tänk på julaftnarna", protesterade Anna. "Det var alltid samma sak vid julklappsutdelningen. Pappa satt där och räckte över presenterna, som om det var han själv som betalat allihop..."

"Så var det ju också, rätt länge."

"Men varje gång Jonte fick ett paket gjorde han paus, så att vi alla fick sitta och titta på medan han öppnade sin klapp och tjoade om hur glad han blev för den. När vi andra fick något var det ingen tid för sådana konstpauser."

"Var det verkligen så?" undrade Elisabeth tvivlande. "Det kan jag inte minnas, det lade jag inte märke till."

"Inte? Flera gånger pratade vi ju om det, när vi gått och lagt oss på julaftonkvällen."

"Gjorde vi?"

"Javisst. Du var också irriterad på det. Du sa att pappa ville ha en son, att vi två bara var nitlotter på vägen dit."

Elisabeth var uppriktigt förbryllad, hon kände inte igen sin systers minnesbilder. Det var jag tacksam för, speciellt som det stack i hjärtat av den allvarliga misstanken att det låg en hel del i vad Anna sa. Uppenbarligen gnagde det alltjämt i hennes huvud men Elisabeth hade inte alls lagt någon vikt vid det. Själv hade jag inte märkt ett dugg vid familjens julklappsutdelningar. Visst var det jag som skötte utdelningen, en kvarleva från de första år när jag verkligen betalat hela kalaset och lite småsint kände att jag borde ha någon valuta för pengarna. Om Jonas hamnade i centrum så var det omedvetet från mitt håll. Jag vet inte om det är en förmildrande omständighet.

"Du tror inte", återtog Elisabeth efter en stunds tankearbete, "att det helt enkelt berodde på att Jonte var yngst?"

"Knappast."

Elisabeth ryckte på axlarna, möjligen mer som ett sätt att reservera sig mot systerns domslut än för att markera ovisshet. Tack och lov för hennes stöd. Jag tänkte för mig själv att hon inte bara var den äldre av de två, utan också den mognare.

"Men familjebilderna då? Kom inte och säg att du inte reagerade på dem!"

En gång om året – i regel på våren, när alla var på sitt bästa humör – brukade vi klä oss snyggt och gå till fotografen för att ta ett studiofotografi på hela familjen. Bilderna hängde inramade i kronologisk ordning i hallen. Ett underbart patetiskt galleri över tidens skoningslösa gång och de lyckligt aningslösa leendena på våra växande och åldrande nunor. Vad såg nu Anna för ont i denna lilla ritual?

"Alltid var det pappa och Jonte ömt omslingrade på ena sidan, och vi tjejer nästan utstötta på bildens andra sida. Som öst och väst – det måste du väl ha sett, ändå?"

"Ja, men det är ju bara det där med grabbar och tjejer igen, Anna. Fast både pappa och mamma uttryckte sig radikalt ibland, så höll vi allihop ganska hårt på könsrollerna. Inte för att Jonte blev någon riktig karlakarl precis – han fick ju sällan spela fotboll med de andra grabbarna, och moppen pappa köpte åt honom stod bara och rostade i cykelkällaren. Jag tror att Jonte var rädd för den där maskinen, som smattrade och pustade rök." Hon log åt minnet. "Jag tog några turer med den, kommer du ihåg det? Kul grej, fast den gick sönder jämt. Andra saker fick man inte låna av Jonte, inte ens peta på, då blev det ett himla liv, men moppen sa han inget om. Det var bara pappa som protesterade och varnade mig för att jag kunde göra mig väldigt illa – som om det aldrig hade kunnat hända Jonte."

"Där ser du själv."

"Men Anna, det är ju könsrollernas spel. Samma som med pappas och Jontes famntag på familjebilderna. Han var ju alltid lite rädd för att visa sig kärvänlig mot oss. Det kunde missförstås, trodde han väl. Och så tyckte han nog det var krångligt att vi var två. Han visste inte hur han skulle välja mellan oss, vad vi skulle få för oss om den ena råkade få fler kramar än den andra, och så vidare. Du minns väl hur han brukade försöka ta oss båda samtidigt i famn, när han var på det humöret. Så fort vi växt till oss blev det rätt så fånigt och då slutade han. Det var ju dessutom vid samma tid som vi började få bröst och allt det där. Jonte blev också väldigt stirrig då, kommer du väl ihåg? Nej, gör inte för stor affär av sådant där som har med pojkar och flickor att göra. Det är som det är."

Det är tröttande att vara man, att upprätthålla skenet. I min koma fick jag vila från det. Som livlös är man varken man eller kvinna, bara människa, och det var en skön avkoppling.

Jag hade sett och känt min sons manlighetsbekymmer och nu mina döttrars kvinnoperspektiv. Jag kände sympati för båda, men det måste erkännas att jag även i livlöst tillstånd hade en klarare och starkare bild av min sons våndor. Jag tror inte att det berodde på medveten motvilja från mitt håll, i och för sig inte heller aningslöshet. Det är bara så att man inte orkar mycket mer än att nödtorftigt lära känna sig själv, sitt eget kön och sina egna villkor. Därefter sinar krafterna.

Jag ville inte heller acceptera något annat än att kvinnornas livsvillkor är exakt desamma som männens, fastän så att säga spegelvända.

Varför famla med jordens alla språk, när det är nog så svårt att lära sig blott ett av dem ordentligt? Visst säger de ändå allihop samma sak? Att lyssna till mina döttrar var som att bevittna en dialog i främmande land: fast man inte förstår ett enda ord känner man sig säker på att ämnet, innehållet, är detsamma som hemma. Ja, man tycker sig uppfatta precis vad de talar om. Det bara låter annorlunda.

Min faster kom med en ask praliner. Den var inslagen i ett elegant, silverfärgat presentpapper. Förmodligen hade hon köpt asken färdiginslagen, det såg så prydligt ut att det torde ha varit gjort på fabriken. Hon höll upp asken framför sig, som om det vore entrébiljetten till ett nöjesetablissemang – förväntansfullt, med ett tappert leende på läpparna. Trots att hon var ett par decennier äldre än jag, alltså över sjuttio, hade hon det där generade uttrycket i ansiktet som tonårsflickor då de försöker slinka in på ett diskotek de egentligen är för unga för.

När jag i vanlig ordning inte rörde minsta min öppnade hon själv presenten, förevisade asken med några betydelselösa, ansträngt hurtiga ord och ställde den på mitt nattduksbord.

Först tänkte jag att det var en rar gest, något av en besvärjelse mot döden. Det var som om hon med presenten ville skapa en nödvändighet: nu måste jag ju återhämta mig och vakna till sans – hur skulle jag annars få i mig chokladen? Vi har sådant hokus pokus för oss när vi inte vet bättre, försöker finta ödet med små löjeväckande knep. Gamla faster Sigrid tog till choklad för att tvinga mig tillbaka från medvetslösheten.

Sedan blev jag alltmer klar över hur lite hon varit uppmärksam på mitt tillstånd. Säkert måste väl ändå någon ha nämnt för henne att jag låg i koma? Kanske glömde hon det eller begrep inte riktigt vad det innebar. Hon kastade flera skamsna blickar på chokladasken där på nattduksbordet, under det att hon satt stilla på besöksstolen och betraktade min livlösa kropp.

Egentligen var nog asken med bara för att så ska vara vid sjukbesök – blommor eller choklad. Hon hade råkat välja det senare, det fullständigt meningslösa. Nå, inte heller blommor skulle fylla någon särskild funktion, så livlös som de alla trodde mig vara. Läkarna var säkra på att jag varken kunde se blommors färgprakt eller känna deras dofter. Blommorna som folk kommit med blev uteslutande dekorationer för besökarna att fröjdas över. På samma sätt borde de väl öppna chokladasken och ta för sig, men det vågade ingen. Den fick stå där, som en offergåva.

Sigrid sa inte ett enda ord sedan hon ställt ifrån sig chokladasken. Hon satt och tittade pliktskyldigt på mig under en jämn halvtimme. I början begrundade hon sorgset min belägenhet, det märkte jag – och hon var ganska rörd. Men när minuterna gick började också hennes tankar att vandra. De återvände då och då till mig, lika plötsligt som när dagdrömmaren rycks tillbaka till verkligheten, men däremellan rörde de sig bland allt möjligt annat, som inte hade mycket med mig att skaffa. Visst sörjde hon min olycka, men vi hade ju inte haft så mycket med varandra att göra. Våra liv hade stött ihop då och då – inte gjutits samman.

Chokladasken och halvtimmessittningen var alldeles lagom. Hon markerade sin sympati och tog avsked. Det blev en vacker scen, som när främlingar dröjer i samma väntsal någon tid innan de går åt var sitt håll, mot olika tåg. Oftast växlar de inte ett enda ord, bara sitter där tillsammans. Ändå är det en form av gemenskap, ett utbyte. Man går därifrån med ett litet sting av saknad, av att ha fått något av den andra människan och lagrat det inom sig.

I själva verket tyckte faster Sigrid bättre om min fru, och hade givit mig en del bistra miner vid vår skilsmässa. Utan att behöva säga något om saken gjorde hon klart för mig vems fel hon ansåg det vara att äktenskapet sprack. Jag kunde hålla med henne på sätt och vis, men jag var irriterad över att hon trodde sig veta tillräckligt för att sätta sig till doms. När vi därefter sammanstrålade, aldrig på tu man hand, stack hon inte under stol med att det bara var för mina barns skull hon fortsatte att umgås med mig – som om de brydde sig. Hon kom bara på besök när de var hos mig och hade då med sig presenter till dem eller gav dem sedlar, så där övertydligt att det blev pinsamt för dem. Det fortsatte hon med, fast de vuxit upp.

Detta var första gången på många år som hon kom med något till mig. Rädslan hade fått henne till det. Hon tänkte på sin egen död, som rimligen kröp sig allt närmare inpå henne. De många rynkorna i ansiktet, det krulliga och alltmer förtorkade håret, men framför allt ögonens ökande vattnighet och transparens, som om färgen i irisar och pupiller, även själva ögonvitorna, tunnades ut – allt underströk att hennes dagar var räknade. När som helst skulle hon ta min plats i den sjuksäng man inte reser sig ifrån.

Dessutom såg hon det omkring sig. De senaste åren hade hon måst göra alltfler liknande besök i vänkretsen, även om det varit till betydligt äldre sjuklingar än jag. Hon hade nog hunnit lära sig att känna igen den punkt när hoppet förmodligen är ute, när det bara finns en sak att vänta på. Jag uppfattade tydligt att hon såg det som att jag befann mig på den punkten.

Vad trodde jag själv? Hyste jag något hopp om att kunna ta itu med presentchokladen? Ja. Nej... Nej, jag förstod egentligen att det var klippt för mig.

Endast för att trösta mig själv umgicks jag med tanken på ett mirakel, ett plötsligt tillfrisknande i sista sekund. Jag begrep att det skulle kräva ett hejdundrande underverk och trodde inte ett dugg att något sådant var i görningen. Men jag oroade mig för min panik – kanske skulle fruktan för döden spränga mitt sinnes ordning och göra min sista tid i livet till ett sammelsurium. Inget vore värre! Så jag odlade, för mina nervers skull, en illusion om det där miraklet. Gång på gång, när inget annat stal min uppmärksamhet, upprepade jag tanken för mig själv: ge inte upp, för ingenting är alldeles omöjligt.

*

Om jag var rädd för att dö? Om jag var! Sedan barnsben. Så gott jag minns begrep jag mig inte mycket på döden, när jag var en handfull år. Ändå fångades jag titt som tätt av dess hotbild, det kusliga ryktet. Döden fick ju alla att sänka sina röster, som om de vore rädda för att bli hörda av den, och kura ihop sig, som för att den inte skulle få syn på dem.

Vi förhåller oss verkligen till döden som till ett djuriskt hot. Och det är klart, för riktigt länge sedan var det oftast i den gestalten vi drabbades av döden, via den sabeltandade tigern och andra blodtörstiga bestar som vi inte hade fått bukt på. Sedermera upphörde de att hota våra liv, och lik förbannat dog vi.

Vi kan äta oss mätta, har hittat botemedel mot de flesta sjukdomar, kapslar in oss i städernas relativa trygghet – ändå dör vi oundvikligen. Det är frustrerande.

Kanske är hela civilisationen, all utveckling och allt framåtskridande, bara uttryck för vår strävan efter odödlighet. Var döden än sticker upp sin ruskiga nuna och säger 'Bu!', kommer vi dragande med åtgärdspaket och rader av överloppsgärningar, trots att det är alldeles utsiktslöst.

Fast det kan vi inte säga med absolut säkerhet, kanske går verkligen döden att besegra? Så länge vi inte fullt ut känner dess natur kan vi inte heller avfärda möjligheten att för alltid göra oss kvitt den.

Det kanske rentav är enkelt, en ren bagatell om vi bara kommer på det. Som att skapa vacuum i en behållare: man låter vatten forsa förbi ett hål i den, och det drar med sig luften inuti behållaren. Inte ens åtta hästar kan dra isär två kupor som hålls ihop av ett vacuum framställt på detta vis – ett så enkelt experiment att man klarade det redan under renässansen. Men det är inget hundraprocentigt vacuum, ett sådant förmår inte den kraftigaste ström av vatten åstadkomma. Inte ens i rymden lär ett fullständigt vacuum råda. Kanske är det på samma sätt med döden. Den kan skjutas undan, förmodligen avsevärt, men inte oändligt långt. Den kan sargas och försvagas, så att den tar mycket längre tid på sig för att röva bort oss – men till slut gör den i alla fall det. Den har gott om tid.

Det är själva ofrånkomligheten som gör döden så kuslig, tror jag – förutom det faktum att vi inte begriper oss på den. Man känner sig så förbannat hjälplös, en för människor outhärdlig känsla. Väljer många just därför att själva ta sitt liv, för att bedraga det okuvliga monstret på sitt byte? En skenseger, men kanske ändå en smula tillfredsställande.

Det lockar inte mig, fast jag ska erkänna att jag hör till dem som har allra svårast att stå ut med handlingsförlamning och hjälplöshet. Bara att sitta som passagerare på ett flygplan och varken veta vad som händer eller kunna göra ett enda dugg åt det, får mig att svettas och min fantasi att ta alla möjliga turer under färden.

Men det behövs inget så drastiskt som ett flyghaveri för att ta kål på oss. Forskarna lär ha konstaterat att vi inom oss har ett slags tidsinställd bomb, som briserar när vi nått medelåldern. Då sätter åldrandets sönderbrytning igång i kroppen, frammanad av enzymer och vad det kan vara inuti oss själva. Vår egen kropp begår på så vis ett utdraget självmord. Nog måste den bomben gå att desarmera, kanske med blotta viljekraften?

Vill vi då leva så mycket längre?

Man blir ju efterhand trött, det medges. Visst vill vi fortsätta, men jag tror att viljan får sig en och annan törn genom åren. Den försvagas omärkligt, såsom ett litet, litet hål med tiden tömmer bildäcket på luft. Man kliver med allt tyngre steg ur sin säng om morgnarna, maten smakar allt mindre, vännerna roar inte som förr, vilket arbete som helst blir i längden enformigt, varje utflykt känns alltmer igen och kan inte längre väcka intresse.

Med tiden har man, som det heter, varit med om det mesta. Kanske ska det visa sig att vi lever precis så länge som vi har lust.

Fortfarande återstår ett krux: döden skrämmer. Vi vet ju så gott som ingenting om den! Ända sedan barndomen vet vi att den kommer men hur gamla vi än hinner bli innan den får fatt i oss, fortsätter döden att vara precis lika obegriplig som när vi först hörde talas om den. Varför ska vi behöva ta detta vårt allra största kliv utan minsta förhandsinformation?

Första gången jag stötte på döden på nära håll var jag själv orsak till den. Jag var nio eller tio år gammal och hälsade på hemma hos en kamrat som hade skaffat sig dansmöss. Han hade börjat med en enda mus, som djurhandlaren försäkrat var en hanne. Kort efter köpet bevisade musen annorlunda, genom att bli fem. Ungarna växte kvickt till sig och blev avelsdjur åt sin mor. Så fort som förökningen gick kan man förstå vikten av deras korta levnadslopp.

Mitt bidrag var enkelt. En dag när vi höll på och lekte med mössen på golvet i kompisens pojkrum, råkade jag trampa på en av dem. Jag hade lyckligtvis gymnastikskor på mig och kände inte ens att jag satte foten på musen. Naturligtvis var det till råga på allt kompisens favorit, kallad Pricken efter den svarta fläcken charmerande placerad över ena ögat. Jag glömmer aldrig skärpan i min kamrats anklagande blick när han spolade ner resterna av Pricken på toaletten.

Det var inte alls traumatiskt. Någonstans inuti mig själv tyckte jag ungefär att det inte var mycket till liv att våndas över förlusten av, så lite som musen lyckats hålla fast vid det. Den dog kvickt, alldeles av en händelse. Hur skulle något riktigt värdefullt kunna gå förlorat så enkelt? Kanske om den hunnit pipa till, eller sprattlat en liten stund efter att jag lyft undan foten. Nej, den bara dog, pladask. Jag led av min klumpighet, men inte mer än man gör när man tappar sin glasspinne på trottoaren. Nå, kanske lite mer, ändå.

Hur som helst gav inte Prickens död några som helst ledtrådar om vad det egentligen innebar. Andra dödsfall, som jag i skonsamt låg mängd drabbats av genom åren, har engagerat mig mer men inte givit ett dugg mer information. Jag har ändå grunnat åtskilligt på saken.

Grunnade gjorde jag också nu på min dödsbädd – fast märkligt nog inte så mycket mer än till exempel vid en flygplansfärd. Det finns väl en övre gräns för vad människosinnet klarar av, vad gäller våndor och ångest. Jag har tangerat den gränsen ett antal gånger genom livet. Lustigt nog har det varit så att ju mer det varit min fantasi och inte verkligheten som stått för hotet, desto mer plågsamt påträngande har jag känt ångesten. Det har också funnits stunder, korta perioder i mitt liv, när jag inte känt mycket till dödsångest alls. Vid sådana tillfällen har jag kunnat rycka på axlarna och säga antingen att vi ska alla den vägen vandra, eller att döden är en skön final, ett välkommet insomnande.

Det var något i den vägen jag sa till min son, när han första gången frågade mig. Han var tio år, tror jag, och frågan satt långt inne. Han hade grunnat, det märktes, och var inte säker på om ämnet var oanständig – ungefär som om det gällde sex.

"Pappa...", kom det försiktigt, som när eleven frågar en sträng lärare om lov att lämna lektionssalen för att gå på toaletten, "...varför dör man?"

Jag lät så lugn och trygg att jag trodde på mig själv.

"För att man är klar med sitt, Jonas. För att man är nöjd."

Otaliga gånger därefter har jag återupplevt scenen och undrat om det fanns ett bättre svar att ge. Hittills har jag inte kommit på det.

# 6

Livet har sin egen matematik. Jag blev i min sjukbädd alltmer förvissad om det, men upptäckten hade jag gjort för länge sedan. Tonåren, som bara är en handfull år, brer ut sig hejdlöst. Så snart jag befann mig i dem lade de beslag på en så stor del av mitt sinne och mitt minne, som om de utgjorde hälften av min levnadstid. Och denna hälft behöll de stadigt därefter, hur än åren gick. Man är barn en tid, sedan vuxen ganska länge – hur kommer det sig att det är den korta brytningstiden mellan de två som tycks både längst och innehållsrikast?

Fast jag där på det yttersta hade nått de femtio, kändes det i mitt minne som om hälften av min tid på jorden hörde till tonåren. Jag förstår det inte. Vad var det för märkligheter som skedde de åren? Visst är vissa svar givna: puberteten, den sexuella debuten... men trots dessa köttets och andens våndor borde jag väl med tiden ha kunnat arkivera de svåra åren, slappna av och gå vidare till allt det andra. Nej. Inte ens när jag fick mina egna barn, såg dem växa och stöttes mot deras tonår, fick tidsperspektivet någon förskjutning. Det fortsatte att vara hälften tonåren och hälften allt det övriga.

Jag var inte ensam om det. Små tecken här och där hos mina vänner och bekanta visade att de var fångade i samma matematik. Min son, till exempel, var uppenbarligen fast i den – kanske blev det för honom till och med en ännu snedare fördelning.

Men återigen: för kvinnor tycks det vara annorlunda, i någon mån. Ibland har det slagit mig – med irritation – att deras liv måste vara rikare. Fast jag är inte så säker. De biter sig nog också orimligt fast i tonåren, med de första förälskelserna, menstruationens startskott och pojkar, pojkar, pojkar. Så eländiga som vi är i den åldern, alla gossar, är det antingen helig enfald eller storslagen nåd som får kvinnorna att ändå minnas oss med sådan lyrisk inramning. Jag har i vuxen ålder lyssnat till jämnåriga kvinnors bekännelser om sin trånad efter såväl mig som vissa av mina kamrater från den tiden – utan undantag har deras känslor varit varmare och deras minnesbilder skönare, ståtligare, än vi någonsin förtjänade.

När vi gossar längtade eller älskade var det betydligt mer profant, för att inte säga pelviskt. Min största ouppfyllda längtan hette Veronica, ett namn som bara det låter parodi. När det gällde henne var det jag som stod för de förskönande omskrivningarna. I mina ögon var hon slank, i verkligheten minst sagt mager. Hennes bröst – så gott jag kunde se genom kläderna – var läckert lagom, i realiteten knappt stora nog att bilda silhuett på blusen. Hennes hår var svart som ebenholts, det vill säga ungefär cendré. Men händerna var förvisso välformade!

I min fantasi rörde de sig över hela min kropp. Mina dagdrömmar återkom ideligen till samma tema – Veronicas händer som gled under mina kläder och frotterade mig både mjukt och bestämt, långsamt och hastigt på samma gång, en kombination som var förbehållen fantasins gränsöverskridande världsbild. Vad de händerna lyckliggjorde mig – i fantasin. Titt som tätt fick jag därav ett stånd som kom till och med det styvaste jeanstyg att puta ut och tvinga mig till kringgående rörelser.

När jag var ensam fick mina egna tassar följa de banor som min fantasi styrde Veronicas händer i.

Vad min fantasi härjade med mig! Jag lärde känna alla hennes fingrar som om de vore tio syskon till mig, fast de i verkligheten ingen enda gång ens snuddade vid min kropp. Veronica förklarade plågsamt ofta att vår relation var mycket finare än att vara ihop, för i hennes ögon var vi vänner. Föll det henne aldrig in att hundvalpen hon hade ständigt springande runt sina ben åtminstone behövde bli klappad då och då?

Nå, vi var femton år och på väg ut ur grundskolan. Det fanns annat att hålla ögonen på, antar jag. Hon höll sina ögon fixerade vid den ena grabben efter den andra, och berättade varje gång utförligt för mig om sina kärleksbekymmer. Vi var ju vänner. Då tänkte jag att hon tycktes hamna i clinch med varje annan grabb på jorden än just mig, men när jag nu ser tillbaka slår det mig att hon nog inte hade så mycket till sexliv hon heller. Jag misstänker att hon precis som jag själv mest fick drömma och vänta. Kanske är det någon form av gudomlig rättvisa. Eftersom hon inte var beredd att öppna sig för min kärlek – eller rättare sagt åtrå – alltid redo vid hennes sida, kunde hon inte heller dra till sig någon annans. Av att hålla mig på avstånd fick hon förmodligen en platonisk air omkring sig.

Det kan också hända att hon verkligen levde ett ångande lustfyllt liv, som hon var hänsynsfull nog att undanhålla mig. Vad vet jag?

Erotiken har sin matematik, den också. I min ungdoms våndor tog jag för givet att det var ödet som undanhöll mig såväl Veronicas som varje annan flickas sköte. Men var egentligen min åtrå alldeles stringent? Kvinnans kropp och innanmäte var förbjuden frukt, både lockande och skrämmande. Om jag trånat med en orädd, ogrumlad önskan om att verkligen bita i äpplet, då hade där säkert erbjudits tillfällen redan under mina första tonår. Jag kunde ju redan då konstatera att grabbarna med minst betänkligheter alltid blev först att ta för sig. Vi andra, som bryddes av moral, etikett, kanske även av metafysiska perspektiv, vi som gjorde erotiken till något mycket större än blott gymnastik och ömsesidig onani – vi fick förmodligen en air omkring oss av ångest och av underliggande ovilja. Vårt undermedvetna ropade ljudlöst till passerande flickor att skona oss och vända ryggen till. De hörde.

Jag tror att Veronica och jag fann varandra för att vi ropade i kör: 'Rör mig inte!' Jag höll länge tillgodo med att tråna efter bara henne, förmodligen eftersom jag innerst inne visste att det inte var någon fara för fysiskt utlopp. När den köttsliga lustan äntligen överröstade ångesten någon tid senare, vände jag genast blicken mot andra flickor. Det blev förstås ingen barnlek att ta steget in i sexualitetens värld, men heller ingen färd genom eld och vatten. Också i detta hade alltså jag och min son samma erfarenhet, även om han hunnit bli något äldre när han tog klivet än jag vid samma passage varit.

Den lilla skillnaden i ålder mellan våra sexuella debuter kan ha något att göra med hur våra erotiska liv sedan gestaltat sig. Jag tror att också här råder en matematisk konsekvens: ju längre man väntar med sin sexuella debut, desto mer intrikat, laddat och fascinerande sexliv får man. Inte bara törsten växer hos den som väntar – även mottagligheten och något slags mognad, som kan förhöja och fördjupa erotiken. De lyckliga gossar som redan vid inträdet i puberteten hittar villiga flickor har ingen chans att lära sig några sofistikerade kärlekskonster eller att i älskog förnimma mycket mer än sädestömningens kvickt övergående extas. För dem är kärleken oföränderligt rena gymnastiken – fortplantningens guppiga åktur.

Å andra sidan är jag inte alls säker på att väntans alla

våndor är ett rimligt pris för de där ytterligare värdena inom sexualiteten. Det är väl som med det mesta – lagom är bäst.

Själv hade jag turen att få vänta åtminstone så länge att min sexualitet fick en smula färg – och några skuggor. Jag kan ana att min son, genom sitt ytterligare dröjsmål, har fått fler dörrar öppnade för sig. Det är honom väl unt. Det är väl inte heller blott en välsignelse.

Veronicas händer trollband mig! Jag kan fortfarande se dem skarpt för min inre syn, känna dem innanför mina kläder. Resten av henne är betydligt vagare.

Fingrarna var ganska korta och runda, fast hon i övrigt var så mager. Naglarna var välskötta men inte alls långa, närmast kvadratiska, vilket säkert gjorde mig mindre nervös än de klor somliga flickor beväpnade sig med. Vad de där tio fingrarna än pysslade med såg det ut som smekningar, som avancerad petting. När hon öppnade skruvkorken på en flaska, när hon skalade potatisen på sin tallrik i skolbespisningen, rättade till sitt hår, stack nyckeln i låset på sitt skåp i skolkorridoren, bläddrade i en tidning. Vad helst händerna tog sig för, kippade jag efter luft och kände sköna kittlingar i skrevet.

Den sortens lättantändliga fantasi förlorade jag med tiden, varefter jag gick över till handgripligheter, men jag tror nog att hennes händer fortsatte att spöka för mig. Kvinnor med bara en smula likartade fingrar har alltid väckt mitt begär och jag har alltid föredragit händers smekningar framför mer obscen behandling, till ett antal sängkamraters förvåning. Hur många män föredrar att deras partner masserar deras kön med handen i stället för till exempel med gommen?

Erotiken är den sanna personlighetens teckenspråk. Den koreografi vi utövar i älskogsbädd berättar utförligt och exakt om vårt väsen och våra särdrag. Man kan möjligen förställa sig en aning, regissera sig med en eller annan mer smickrande roll i sikte än den fadda karaktär man anser vara sin, men det är lätt att genomskåda. Däri ligger den verkliga nakenheten i kärleksakten.

Jag skulle vilja se hur min son älskar. Jag tror att jag kan föreställa mig det: trevande, försiktigt som om det gällde att desarmera en bomb. Lätt på handen, diskret vid inträngandet. Säkert vill han dröja med utlösningen – mest för att inte förlora sin diskretion – och lika säkert är att den kommer tidigt, liksom snopet, mellan två andetag. Jag kan ha alldeles fel.

\*

Det slår mig varför jag ideligen vid min dödsbädd – och med allt högre frekvens – återkommit till två ting: sexualiteten och min son. De är besvärjelser, att knyta mig hårdare till livet och hålla döden borta. Sex är livets urhav, kitteln för dess tillblivelse, och min son är min egen fortsättning på det. Han tar över stafettpinnen, han går vidare där jag stannar upp. Jag vill se hans framtid, följa hans väg evinnerligen. Jag vill själv leva vidare!

Jag vill leva. Och just denna vilja är jag trött på. Inte livet självt, det kan nog inte förlora sin lyster och krydda. Nej, men min livsvilja, den där desperationen att hänga kvar, vara med, fortsätta i oändlighet – den är jag trött på.

Å, så trött. Jag har nog inte långt kvar.

# 7

Först och främst är hon en mor, den kvinna som fött mina barn. Jag konstaterar det med stolthet, samtidigt som jag – märkvärdigt befriad från ånger – inser att jag verkligen inte i samma grad varit en far åt barnen.

Vi män inbillar oss nu för tiden att föräldraskap betyder jämställdhet mellan mor och far. Inte alls. Det är nog lik förbannat så att vi helt enkelt skiljer oss i genetiken, så att män aldrig förmår mycket mer än låtsas samma intima omsorg om barnen som mödrar oftast – förvisso inte alltid – visar. Det är kvinnorna som håller barnen i famn eller allra minst i hand. Vi män står bredvid och hejar på. Det är allt, kamouflerat bakom en komplicerad teater.

När min exhustru gjorde sitt första besök vid min dödsbädd hade hon vår son med sig. Jag hyser inga tvivel om att det var för att förmå honom till att söka upp mig och knyta nya starka band med mig i slutminuterna. Därefter kom hon flera gånger ensam, och då med en annorlunda anda – intimare, personligare, som att verkligen komma in i rummet och inte bara stryka förbi det. För varje gång hon gjorde sin entré kände jag allt starkare: det var nog så att jag älskade denna kvinna.

Ordet stör mig. Älska. Det är slitet som få, men trots det utan en användbar definition. Lallande schlagertexter och Höga visans poesi är lika vilsna: det gives ingen begriplig förklaring på kärleken. Det enda som återstår är att själv pröva sig fram och i det långa loppet kan man bara hoppas att höra till de lyckliga som får smaka den sanna, stora kärleken – och om så sker, att man känner igen den. Jag vill tro att man gör det.

"Vi har åstadkommit något", sa hon rätt ut i luften vid ett av sina besök.

Det var uppenbart att hon syftade på våra tre barn och det begrep jag, men själv kastade jag ändå reflexmässigt en tanke på mitt arbete. Något hade jag väl bidragit med, där i den byråkratiska köttkvarnen genom decennierna, men ärligt talat var alltihop i det stora hela försumbart. Oersättlig var jag aldrig.

Var då barnen något som hade större värde än mitt yrkesmässiga värv, och som jag kunde ta åt mig äran av att ha åstadkommit? Förvisso var det första sant, men det andra kände jag mera tvekan inför. Hur jag än försökt genom åren, har barnen ändå förblivit något som jag känt mig mer pådyvlad än skapare till. Inte i negativ mening, annat än stundtals, men ändock pådyvlad – något som min fru kokat ihop tillsammans med högre makter. De använde mig, ungefär som brevbäraren får förmedla korrespondens. Nå, jag måste medge att det mer har känts som jultomten när han delar ut julklappar. Man har del i glädjen, men blott som en kurir.

Inte undra på att jag genom åren med snudd på desperation har letat efter extraordinära band mellan mig och min son. Det var mitt enda tillgängliga sätt att försöka erövra en mera kännbar delaktighet. Vad det krävde var blott bådas vår övertygelse om att han aldrig skulle kunna leva

utan den del av honom som var av mig, att han utan den
ingrediens i sig som jag bidragit med skulle bli ett intet, en
omöjlighet. Ingen smal sak att övertygas om, men just med
Jonas – i motsats till tvillingarna – inte helt otänkbar.

"Vi kan skatta oss lyckliga", fortsatte hon lite senare.

Tonen var allvarsam och samtidigt lätt ironisk. Hon
kände ett slags högtidlighet som generade henne, som hon
inte kunde tillåta sig att ta helt på allvar.

"Tre barn – och välskapta, som det heter. Du vet hur
många par det är som inte får ett enda, hur de än försöker.
Vi fick fler än två, så vi till och med bidrar till befolknings-
ökningen. Det du!"

Hon skrockade och daskade handflatan lätt mot min
axel, varken bekymrad av att jag ingenting verkade känna
eller orolig för att råka skada mig. Hon doftade av dyrbar
parfym, bar färgglada kläder och en märkbar makeup. Jag
ville gärna tro att hon klätt upp sig enkom för mig. Det
förhöll sig nog så.

"Tvillingarna reder sig och verkar trivas med både li-
vet och sina karlar. Lillponken, tja, han hankar sig fram.
Det går nog vägen för honom också, till slut. Han är ju
mer som du – lite krångligare. Svår, som de säger nu för
tiden, men jag är säker på att han ska finna sig tillrätta på
sitt sätt. Så vi borde väl kunna berömma oss om att ha fått
till det ganska bra, ändå? Jag kommer ihåg hur nervös du
var inför allt det där med barnuppfostran. Vi var ju ganska
unga när tvillingarna kom. Dessutom har du alltid känt dig
lite handfallen inför kvinnor, så det blev ett extra aber för
dig. Du ville aldrig medge den svagheten, men det var det
första flickorna lärde sig om sin pappa. Du har ingen aning
om hur kul vi har haft åt det genom åren, tvillingarna och
jag. Flickorna visste precis hur de skulle få dig dit de ville.
De lyckades mycket bättre än jag, för de drog sig inte för
att spela spelet. Det hände till och med att de manipulerade
dig hit eller dit för min skull. Märkte du någonsin det?"

Jag hade inte märkt deras manipulationer. De behövde

förmodligen bara vädja till min enfaldigaste sida: fåfängan. Då förbjöd just densamma att jag skulle genomskåda dem. Nå, visst anade jag innerst inne allt som oftast deras ränker, men jag skulle aldrig ha funnit modet att avslöja dem. På sätt och vis var jag lite rädd för mina flickor. De tycktes från första början vara införstådda med det täcka könets mysterier och arsenal. Jag förblev en främling inför dem, en orolig främling, delvis utlämnad åt deras nycker.

Tillsammans med sin mor bildade dessutom tvillingarna en stark kvinnlig majoritet i hemmet. Så fort Jonas föddes hejade jag på hans tillväxt, så att jag fortast möjligt skulle få en allierad, en vapendragare. Hur han än växte till sig var han för kort i rocken för det uppdraget. Männen i familjen förblev den hunsade minoriteten. Egentligen tror jag att vi skulle ha varit den hunsade gruppen om vi så vore i bred majoritet. I hemmet styr ofrånkomligt kvinnorna, de är liksom rustade för det och har alla behövliga medel i sina händer – dock inga uppenbara maktmedel, inte heller styr de med iögonenfallande bryska metoder. Det är väl ungefär som vaktmästarna härskar på stora kontor i kraft av att de vet var alla knappar sitter.

"Annars var du lite av en diktator hemma, det måste du medge – i alla fall en pascha. Tidvis fick vi tassa omkring som tokiga möss för att göra dig till lags."

Jag förstod inte alls vad hon pratade om.

"Du styrde och ställde med små grymtningar. Man fick hålla ögonen på ditt minspel för att avgöra hur du egentligen ville ha det. Du förklarade inte mycket, bara väntade dig att allt skulle bli efter ditt sinne, annars kunde du bli riktigt sur. När tvillingarna blev lite äldre tjatade de på mig att ge blanka fan i dina önskemål, men då blev du ju rena åskvädret! Så småningom begrep jag att det var dina privata frustrationer, din egen otillfredsställelse, som du uttryckte på det viset. Det hade inte ett dugg med oss andra att göra. Men vid det laget hade jag sprungit arselet av mig flera gånger om, för att försöka vara dig till lags. Varför kunde du aldrig säga rätt ut hur du ville ha det? Var det din mening att hålla oss på tå hela tiden?"

Min mening – vad vet jag? Vi betedde oss allihop som Märklintåg, tuffande runt på yttre kommando, ohjälpligt fast på rälsen. Vad jag än kunde ha haft för ambitioner eller avsikter, var jag i händerna på andra makter – kanske inga andra storheter än mina förutsättningar och det på förhand givna. Genetiken, nornornas garn, ödets vingslag, varje enskild situations begränsningar, vad vet jag? Men det räckte för att kuva mig.

Den fria viljan är en illusion. När kan vi någonsin välja fritt? Vid varje vägskäl, stort som smått, ges vi i realiteten bara ett val: att gå den redan utstakade vägen. Vi beter oss på det enda sätt vi kan, vad vi än själva tycker om saken, och gör de val i livet som vi varje gång måste. Allt annat är inbillning.

Hennes frågor var tillspetsade och hennes tonfall onekligen en smula bittert. Det var uppenbart att mitt beteende hade åsamkat henne en del plåga. Det var förstås inte min avsikt – inte varje gång.

Jag måste erkänna att familjelivet och äktenskapet ibland hade känts som ett fängelse, där framförallt min hustru framstått som en fångvaktare. Då kunde det hända att jag for ut mot henne, ville att hon skulle få smaka på våndan i min belägenhet. Ja, det hände att hon fick sota för mina bekymmer, min vantrivsel. Mer än en gång. Äktenskapet är tyvärr en institution som för sådant med sig.

Jag kunde bara ligga där i min sjukbädd och beklaga det som varit – inte riktigt ångra det. Ånger innebär ju att man vill ha något ogjort, men inte ens på min dödsbädd kunde jag tro att vårt äktenskap hade kunnat se ut på något annat sätt. Jag bara hoppades att hennes sår var läkta och att hon retrospektivt skulle se mer av ljus än mörker i vår långa tid tillsammans. Måtte hon känna det så! Det gjorde jag själv, om nu det var någon fingervisning.

"Ändå var det en härlig tid, tro mig! Jag vore inte utan

en dag, om jag fick välja. Du var en krånglig karl att vara gift med och uppfostra barnen tillsammans med, men du gav mig en hel del. En hel del!"
Hon måste ha hört mina tankar.

En häpnadsväckande möjlighet slog mig: kanske var det inte så mycket mina besökares tal jag hörde, som deras tankar. Gränserna flöt samman, så märkvärdigt som de reagerade på mina egna funderingar. Visst borde det kunna vara så att en hel del av det jag tolkade som prat i själva verket var deras tankar? Det vore ju rimligare än att det bara skulle vara jag som gjorde mig förstådd – i alla fall uppfattad – bortom de talade orden.

Det skulle också förklara alla dessa monologer jag fick höra från mina besökare. Visst vore det märkligt om nästan allihop stod där och pratade högt till mig, fast de trodde sig veta att jag inte kunde höra ett ord. Något sa de säkert högt, sådär som man kan göra när känslorna tränger på, fast ingen lyssnar – och ibland just därför. Men det tedde sig plötsligt mycket rimligare att det mesta som kom ur dem var deras tankar, som jag på detta mitt yttersta hade förmågan att läsa.

Vad betydde i så fall det? Om jag kunde läsa deras

tankar och de då och då kunde uppfatta mina, var det inte bevis på en öververklighet, något bortom fysikens värld, bortom det av oss människor kända och utforskade – bortom döden?

Döden som blott en sluss, en hissfärd, en portgång. En tunn hinna mellan det korta nuet och ett oändligt sedan. Det vore väl en lättnad? Att ta fasta på den möjligheten gjorde förvisso mitt sinne mer avspänt och ångesten tappade sitt fäste – utan att jag hade trängt in i vad för tillvaro som skulle kunna vänta på andra sidan gränsen. Oavsett vad som skulle komma var själva möjligheten till en fortsättning – vilken som helst – en lättnad.

Däremot kunde inte tanken rå på min rädsla för själva passagen, dödsögonblicket. Hur ont skulle det göra, hur skulle det slita och riva i mig? Förmodligen är det roten till all dödsångest – inte alls vad som väntar bortom döden, utan just detta ögonblick, detta hiskliga avstamp. Likt en liten pojke kan stå på bryggans kant, överfaren av kramper, och dröja hur länge som helst med att ta skuttet ner i vattnet – av rädsla för kylan vid plumset. Ändå vet han att kylan kvickt ger med sig, till förmån för svalka och stort behag. Jag tror att ångesten först och främst gäller den där första kylan. Resten kan göra detsamma.

Nej, det är inte sant. Resten gör inte detsamma. Tvärtom, den spelar en oöverskådlig roll, den är av större betydelse än något annat. Om vi kan nå varandra förbi orden, utanför den fysiska världen, då måste det väl finnas något där? Då måste väl människan bestå av mer än sin kropp – och varför skulle detta andra stryka med, bara för att hjärtat slutar slå? Det vore ändå en alltför grym naturens ordning, om vi människor verkligen hade en själ – men den dog samtidigt med kroppen! Vilken styggelse, vilken nattsvart tingens ordning det skulle vara! Obegripligt tröstlös, infamt försmädlig. Så grym kan inte naturen vara!

Jag började umgås, närmare bestämt kelas, med föreställningen om min telepati som bevis på ett liv efter döden.

Jag tyckte mig också skönja att allt större delar av mina besökares monologer – kanske alltihop – var tankar som nådde mig utan hjälp av ord och röst. Det var en angenäm upplevelse. Vad de än sa blev som smek, som en förhoppningens liturgi. Det här skulle gå vägen.

\*

Då kom min första dykning. Jag kallar det dykning, ett ord som någorlunda träffande beskriver hur det kändes. Det skulle bli fler. Dödens kallsupar.

Första gången hade jag svårt att förstå vad som hänt. Jag märkte inte alls när jag dök, det var först när jag kom tillbaka till medvetande som jag observerade att något hade hänt. Nå, så är det ju alltid när man förlorar medvetandet, vare sig det är genom att svimma eller helt enkelt somna på kvällen. Man märker det först efteråt, när man har vaknat till. Det är egentligen kusligt. Man blir så ytterligt utelämnad. Förutom detta hade mina dykningar inga som helst likheter med svimning eller insomnande.

När jag kom tillbaka från den första dykningen fylldes sinnet omedelbart av en hop frågor. Först och främst: vad hade hänt? Då vore det onekligen behagligt med en trygg sjuksyster eller läkare, som lutade sig ner över mig, hälsade mig välkommen tillbaka och förklarade alltihop, med slutorden: 'Det är alldeles normalt, inget att oroa sig för.' Men dykningen låg utanför deras domän, det blev jag omedelbart klar över.

Egentligen är mitt ordval grovt missvisande: så gott jag förmådde rekapitulera dykningen hade den inte känts som att plumsa ner i något, utan som att lyfta upp, att lossna eller släppas fri. Eftersom jag genast kunde begripa varför det kändes så – det måste vara själen som tog ett skutt ut ur kroppen! – drog jag mig för att ge min förnimmelse någon större tilltro. Jag släppte inte tanken och känslan, avfärdade inte det dunkla minnet av upplevelsen, men jag förhöll mig så att säga behärskat till det hela. Jag ville inte dra för stora växlar på det.

Ändå: jag hade liksom kommit upp på ytan, brutit igenom något slags hinna och för en stund – omöjligt att gissa hur länge – svävat fri. Det hade känts lika härligt som självklart. Jag hade hamnat som i en eter, en klingande, strålande eter, och genast känt mig lika självklart hemma i den som om detta vore mitt egentliga livsrum, som om jag ända tills dess gått och hållit andan.

Det var friheten och självklarheten i denna eter som hade varit så stor, så absolut, att det gjorde mig yr vid uppvaknandet ur den. Jag hade hälsat på hemma, ett hastigt besök i mitt verkliga hem. Så kändes det, hur jag än därefter i tvehågsenhet och behärskning nagelfor minnet. Och jag förstod mycket väl vad det antydde – om döden. Just därför kunde jag inte, vågade inte lita till intrycket. Skulle verkligen denna plötsliga, hastiga upplevelse kunna göras till bevis för ett rike, en existens på andra sidan döden – det vore väl ändå för mycket att hoppas på, en på tok för lättvindig slutsats att dra?

Fast jag i mitt sinne inte hittade minsta tvivel på att det verkligen var så enkelt, trädde min rädsla för besvikelse emellan och kämpade frenetiskt emot den närmast till hands liggande förklaringen. Ja, jag bekämpade faktiskt själva minnet av upplevelsen.

Dykningen och dess implikationer betydde så mycket för mig att jag inte tordes tro på den. Som när man i tonåren fick en liten signal från flickan i sina drömmar om att man var välkommen att ta för sig: det var för bra för att vara sant. Vi gör väl så i varje stund av lycka: bekämpar den i vår fruktan för den sorg och saknad vi ska känna när lyckan överger oss.

Min första dykning lämnade i stort sett bara denna vaga känsla av frihet och hemkomst efter sig, men den satte igång en hel del i mitt huvud. Somligt var försvar, för att inte säga motstånd, men där var också i lönndom ett spirande hopp, en begynnande förtröstan. Bräcklig, ytterst bräcklig.

Trots min sorgsna kamp mot upplevelsen av min första dykning förmådde den genomföra en liten ändring av mitt tillstånd. Den vanliga, vakna verkligheten blev en nyans diffusare. Det var som om den hade spätts ut. Min kropp kändes inte lika påträngande – även hjärtats envisa slag dämpades, rummets former och färger blev vagare och ljus och skugga svagare.

Allt var kvar och lika igenkännbart som dessförinnan, men det förlorade en smula av sin påtaglighet. Det gällde också för mina besökare.

# 9

Min mor kom. Jag var tacksam för att den fysiska verkligheten inte längre var så skarpt tecknad. Inför henne kände jag skam. Det var löjligt och det visste jag, men skamkänslan gav inte med sig det minsta, hur jag än påpekade det för mig själv.

Hon hade alltid varit ytterst försiktig med att dyvla på mig några ambitioner och aldrig givit mig gliringar om vad jag borde göra av mitt liv – men det är klart att hon förväntade sig att jag skulle hänga kvar i det lite längre, åtminstone länge nog för att hon själv skulle hinna trilla av pinn först. Det var ju en rimlig begäran av en mor. Jag tror också, precis därför, att hennes sorg var störst.

Hon kunde ändå bära den, tillsammans med alla sina lekamliga kilon. Hon höll huvudet högt, från sin entré och genom hela besöket. Förmodligen var det inte en utan flera gånger som hon kom och hälsade på mig, men jag fick allt svårare att hålla isär visiterna och urskilja kronologin. Hennes stämma var stark och orden kom raskt, utan den där oron för hur de kunde låta, som många av de andra besökarna bryddes av. Det var också likt henne att vara så gott som den enda att förbli stående, trots sin övervikt och trots att hon stannade längre än de flesta.

Fetman hade kommit på äldre dagar. Vi var alla förvånade över att se henne breda ut sig runt midjan, eftersom hon dessförinnan varit ett mönster av behärskning och självdisciplin – något som hon alltid bestämt hävdat var en grundförutsättning för hennes yrke. Och sedan, så fort hon nått pensionsåldern, började hon tänja ut sin kropp åt alla håll och kanter. Vid den tid då hon trängde in på mitt sjukrum måste hon ha burit på åtminstone tjugo kilos övervikt.

Mamma hade en gång i förtroende berättat för mig vad det var fråga om, och därefter upphörde jag att oroa mig. Hon visste som vanligt precis vad hon höll på med.

"Det är en lyx, förstår du, som jag äntligen kan kosta på mig", hade hon förklarat en sen kväll i sitt kök, när hon bjudit på Janssons frestelse och visat bilderna från sin Tokyoresa. "Jag ville komma bort från den roll jag spelat i allas ögon – inklusive mina egna. Du vet: ordningsmänniskan med såväl sig själv som sin omvärld i stramt koppel. När jag gick i pension från mitt yrke tyckte jag att det var dags att gå i pension också från den rollen. Det är så farligt med roller, vet du. Ju mer åren går, desto mer blir man den roll man spelar, och man har ingen chans att ta semester från den, för att fråga sig om det verkligen är den roll man vill ha eller om den ens stämmer särskilt väl på en själv. Jag hade mina dubier – fast jag lika väl som någon annan kunde konstatera att jag spelat min roll väl, till synes alldeles smärtfritt. Jag begrep att jag måste göra något riktigt radikalt. Halvmesyrer skulle bara innebära att jag snart halkade tillbaka i min roll av gammal vana. Det måste synas tydligt på mig att något hänt, annars skulle omgivningen förvänta sig att jag höll fast vid den gamla rollen. Så vad kunde vara lämpligare – och tydligare – än att ändra själva figuren, att öka på vikten och bli fet?"

"Nog var det en överraskning för oss alla", mumlade jag med ett leende på läpparna.

"Ni undrade säkert om jag redan gått och blivit senil, eller hur?"

"Tanken slog en och annan."

Hon skrockade förtjust och det slog mig att hon blivit ungdomligare i beteendet, att hon slappnade av mer än någonsin. Jag tänkte att det kanske inte var så tokigt att bli gammal.

Ja, det hade blivit en klok gumma av mamma. Inte för att hon varit något dumhuvud innan dess, men vid pensionen var det som om hennes huvud öppnades på vid gavel och tankarna kunde lyfta mot skyn. Det innebar inte att hon likt en Sokrates strödde visdomsord omkring sig varhelst hon drog fram – tvärtom. Hon blev alltmer sparsmakad med orden och valde sällan annat än den lågmälda och enkla vokabulären. Ändå skvallrade hennes tonfall och den intensivt genomträngande blicken om att hon bakom sin alldagliga framtoning dolde den österländska insikten: den som vet talar ej.

Blicken hade också genomgått en metamorfos vid hennes pension. Skarp som en laserstråle hade den alltid varit, men så långt tillbaka jag kunde minnas hade skärpan varit uppfordrande, bevakande, kuvande, som läraren håller öga på sina elever eller duellanten på sin motståndare. Så gott som över en natt blev skärpan i stället genomträngande, både uppmärksam och talande, som hos förföraren. Jag kunde inte riktigt bestämma mig för vilken blick som var den mest påfrestande att mötas av.

Nu riktade hon alltså sin genomträngande blick mot det orörliga kolli som var jag, och sa – med ett tonfall och en tydlighet som var uppenbart ämnade för mig att höra, vad än läkarvetenskapen hade att säga om det:

"Ger du upp nu?"

Alla de andra såg min belägenhet som ett ödets slag, en olycka helt och hållet utanför min kontroll. Något sådant hade mamma aldrig i sitt liv accepterat. För henne fanns ingenting som låg utanför mänsklig kontroll och förmåga – förmodligen inte ens jordbävningar eller kometnedslag, om de kommit på tal.

"Vi är ju skapta till Guds avbild, är vi inte?" hade hon sagt någon gång, med ett leende som avslöjade att hon trodde så lagom på den skapelseberättelsen. "Ska inte Guds avbild vara herre över sitt liv!"

Enligt en sådan logik måste varje dödsfall vara något av ett självmord, och då fanns förstås visst fog för min känsla av skam. Vad hade kunnat fälla mig till marken om jag verkligen alltjämt njöt i fulla drag av att finnas till? Nog värjde jag mig mot mammas slutledning och tyckte, trots hennes genomträngande blick och upplysta attityd, att det i detta fall var jag som var den förnuftigare – men det hjälpte inte särdeles. Och visst gnagde samma fråga i mitt inre: hade jag givit upp?

"Min lilla gubbe, jag ser alla dina åldrar tydligt i ditt ansikte – från spädbarnet till problemtyngd medelålder. Ja, jag skymtar även den gamle gubbe du kanske inte kommer att hinna bli. Han finns faktiskt också där, med sina rynkor, sin förstorade näsa och sitt retirerande hårfäste. Är det honom du flyr ifrån?"

Någon direkt flykt från den annalkande åldringen i mig var det väl inte fråga om, men samtidigt måste ärligt erkännas att jag tyckte att jag kunde klara mig utan honom.

"Har jag berättat för dig om Nane Stern och den grekiske machomannen? Förmodligen inte."

Hon gjorde en konstpaus och betraktade mig uppmärksamt – glömsk eller likgiltig för att jag inte kunde ge minsta reaktion ifrån mig.

"Nane är en judinna som överlevde andra världskriget och öppnade konstgalleri i Paris. Galleriet är mycket framgångsrikt med den där sofistikerade moderna konsten som inte föreställer något alls. Jag var med på ett vernissage, när hon kom i gräl med en grekisk kulturskribent med hår på bröstet och skjortan uppknäppt ända ner till solar plexus. Han berättade om sin gamle far, som legat på sjukhus i månader – i koma, precis som du. Läkarna sa att det inte fanns något hopp alls, att det bara var de sinnrika maskinerna som höll honom vid liv. 'Så varför drar ni inte bara ut kontakten?' frågade sonen. 'Nej, nej, det får vi inte! Det går inte för sig!' sa de förfärat. 'Men jag är hans son, får jag dra ut kontakten?' Det fick han. Och det gjorde han."

Återigen gjorde hon en konstpaus, under vilken hon själv uppenbart kontemplerade en hel del.

"Visst är det lika grekiskt som ett drama av Sofokles! Jag tror att grekerna har hela den storslagna antiken kvar i sina gener. Nå, den här kulturskribenten slog i alla fall fast att han på sitt yttersta minsann inte ville ligga där som en grönsak. Han hoppades att i så fall skulle hans son ha modet att dra ut kontakten, men snarare trodde han att han skulle ta livet av sig själv långt innan den dagen kom. Men Nane Stern hade en helt annan uppfattning. För henne var livet en njutning, från första sekund till sista. Hon kunde varken tänka sig att smita undan det naturliga slutet eller hasta förbi det – även om det skulle vara utdraget, smärtsamt, till och med förnedrande. Hon hade onekligen redan hunnit med en hel del sådant i nazityskland och säkert även därefter, så som tillvaron nu är beskaffad. Hon var visst lesbisk också. Nane Stern sa till greken att om han var rädd för en utdragen ålderdom kunde han ju flytta till något u-land, där livslängden sannerligen inte blev särskilt utsträckt och där det saknades resurser att hålla de döende vid liv en enda extra minut. Kanske kunde han göra någon nytta där, tyckte hon. Jag tror inte att tanken attraherade honom."

Mamma drog på munnen. Leendet blev bredare och sedan började hon fnittra så smått. Minnet av den där sturske grekens betänksamhet roade henne, men fnittret var nog också en undermedveten spänningslösare. Vad hon berättade för sin döende son var väl inte precis comme il faut, man skulle till och med kunna säga att det var riktigt respektlöst – fast det säkert inte var menat så. Munterheten bet huvudet av skammen.

Jag kunde tydligt känna varför hon berättade detta minne. Hon ville provocera mig, uppfordra mig till att hålla fast vid livet. Naturligtvis kunde inte heller min mor gissa hur väl jag uppfattade allt, men vad annat kunde hon göra än att tala till sin tynande son? Hon hoppades att hennes ord, eller i varje fall viljan bakom dem, skulle nå fram till mig på något sätt och pocka mig till nya krafttag mot döden.

Samma drastiska metod skulle hon säkert ha använt om jag varit vid mina sinnens fulla bruk, hon skulle säkert ha gått till och med hårdare fram då. För henne var det ett krisläge och man fick inte vara så nogräknad med metoderna. Vad helst som skulle kunna ge resultat måste prövas: utmaningar, klander, hot eller hån.

Hon nådde fram – tydligare och omedelbarare än hon kunde ana – och jag måste medge att det bet. Samtidigt retade det mig att hennes strategi fungerade på mig, fast det var mer än trettio år sedan hon höll mig fången i sitt moderliga famntag. Blir man aldrig riktigt vuxen, mognar man aldrig så pass att man står över sina föräldrars enkla psykologiska knep?

"Vet du att ditt ålderdomliga ansikte – som skymtar i din nuna, jämte alla de andra – mest liknar ditt ansikte som nyfödd?"

Hon hade gått bort till fönstret och skruvat upp persiennerna så att de släppte in allt dagsljus. Min bädd med de vita lakanen och örngotten, mitt grånande, glesnande hår, blombuketterna och den krimskramsdekorerade chokladasken från faster Sigrid – allt spetsades av ljusstrålar, så ettriga att färgerna mattades och konturerna blev diffusa.

"Det är rätt och riktigt. Livet är nog mer som en cirkel än som den utsträckta linje från födelse till död vi oftast tänker oss. Vi når ingen särskild stans, annat än möjligen till bättre insikter om vad det från början var vi gav oss in på. Livet är en bubbla, en sådan där ögonblicksboll som tuggumituggande tonåringar blåser upp och som spricker med en liten knall – inte ens särskilt högljutt. Man bildas och knådas i moderlivet, tränger ut i världen och växer, växer. Sedan – poff! – är det över, just som man kände sig som störst, rymde som mest."

Hon hade bit för bit tagit sig runt till andra sidan av min säng, så att hon betraktade mig i skarpt motljus. Kanske gjorde denna sämre synvinkel att hon hade lättare att hålla fast vid den inre synen, vid associationerna.

"De är rynkiga som skrumpna äpplen, både spädbarnet och gubben. Kala också. Hudfärgen skiftar i alla möjliga nyanser – rosa, brunt, rött, till och med grönt. Man kan inte kalla dem sköna, de båda ansiktena, det måste medges. Hur troskyldig mor jag än var när du föddes, minns jag att det inte såg bättre ut då. Nyfödda ser ut som stryk, ärligt talat. Det är bara det biologiska programmet som väcker ömhetskänslorna. Du blev gullig som en kattunge efter första året, men som nyfödd såg du ut som pesten själv."

Åter kom det där fnittret med kluvna känslor bakom.

"Ditt skrumpna babyansikte skrämde mig faktiskt, tid efter annan. Det var inte bara så att du såg ut som en fullständig främling, en utomjording – ja, visst är det ungefär som spädbarn man brukar tänka sig tefatsfolket? Dessutom fanns något i din blick, i ditt ansiktsuttryck, som antydde att du kom från ett helt annat perspektiv än det jordiska – ett större perspektiv, en övre värld. Som engelska kolonialister uppträdde på sina resor i Afrika: nådigt och gräsligt överlägset. Du var som en kunglighet, tillfälligtvis dröjande i simpelt folks vardag. Du betraktade oss sådär från ovan, och din blick gjorde ingen skillnad på mor och far och andra figurer, inte ens på människor och djur och döda ting. Allt var inslag i en lägre verklighet, så mycket lägre än din att du inte nändes göra gradskillnader mellan dessa varelser och ting. Jag kände mig faktiskt alldeles utdömd av din spädbarnsmin. Det var ibland svårt att byta blöjor på dig, och sådana banala sysslor. Det retade mig. Samtidigt som jag pudrade din rumpa eller torkade dreglet från din haka kunde jag säga till dig: 'Vänta du tills du blivit lite äldre, så ska vi se hur överlägsen du egentligen är!' Jag kände mig faktiskt riktigt hämndlysten, stundtals. I precis samma grad som du sedan blev gulligare, krympte också den där överlägsenheten och det hart när utomjordiska. När du var sådär tre, fyra år hade det ena gått ikapp det andra. Sådan ville jag att du skulle vara för alltid."

Hon strök över mitt hår med handryggen, lite som om handflatan vore kladdig och hon inte ville smutsa ner mig.

"Du ska inte undfly ålderdomen, det finns ingen anledning. Inte ens om den leder in i senilitet och samma hjälplöshet som spädbarnets, så att odrägligt sunda människor i sina bästa år måste sköta din toalett och bara hjälpligt dölja sin otålighet när de leder dig än hit, än dit. Allt har sin charm, förstår du. Ja, mer än så – varje tid bär sitt mysterium, sin gåta att lösa. Man kan inte lämna livet utan att ha knackat på alla portarna och druckit ur alla bägarna, hur illa en del än smakar."

Det hade varit skönt att häva upp sin stämma och tala om för kära mor att hon begärde det omöjliga, att hon allt fick lov att acceptera hur det var fatt. Kunde hon inte nöja sig med att ta skeden i vacker hand, som alla de andra gjorde? Sörja och sucka, men ge med sig inför orubbliga fakta. Inte mamma, inte.

"Jag vill ha tillbaka den lille parveln!" brast hon ut med så hög röst att jag var säker på att sköterskor skulle storma in. Hon till och med stampade med foten i golvet. "Den lilla gullungen som tittade storögt upp på mig och trodde varje ord jag sa, som tyckte att så simpla ting som lågan på ett levande ljus, brummandet från en dammsugare och det strilande duschvattnet som aldrig tog slut, var storslagna underverk. Minns du hur du kunde stirra på sådant i evigheter? Jag älskade det. Din barnsliga förtjusning inför tillvarons alla små effekter. Bara jag betraktade dig i sådana ögonblick kunde jag själv känna precis detsamma – och lika starkt. Dina känslor smittade, som om de ackompanjerades av en hel stråkorkester. Man greps av det. Och du var så söt, så söt! Jag vet att jag sa det till dig alldeles för många gånger, och du hade inte blivit särskilt gammal innan du reagerade med sura miner och alltmer högljudda protester. Men jag hade rätt, det ska du veta – baske mig! Du skulle ha fått bergatroll att tåras, härförare att vika åt sidan. Det alltför stora huvudet, som ibland föll mot axeln som om det var för tungt för din smala hals att hålla upprätt, de pyttesmå händerna som du aldrig kunde hålla stilla. De fladdrade som fjärilar överallt omkring dig. Din ljusa stämma, som sträckte ut vokalljuden och vadderade konsonanterna – även när du gnällde och klagade lät det som sång. Och läpparna... dina läppar var smäckert skulpterade, som av den skickligast anlagda makeup. Ibland när du pratade om allt möjligt hörde jag inte ett enda ord. Jag bara stirrade på de fina läpparnas vackra dans. Upplevde du detsamma med dina egna barn, när de var tre, fyra, fem år?"

Jo, jag kunde nog känna igen hennes hänförelse. Själv hade jag inte vågat leva ut den på samma sätt, det är nu en gång för alla inte lika lätt för en karl, av någon enfaldig orsak. Men visst var det så man kunde gråta – barnen som strålade av skönhet, hur uppväxtens alla törnar än sårade dem. För det är ändå så att barn har ett helvete, om man skärskådar det. Deras uppsyn är en bedräglig skepnad, som till slut slits bort från deras ansikten. Det får man också bevittna.

"Jag kan sannerligen förstå hur somliga mödrar blir fullständigt besatta av äganderätt gentemot sina barn. De vill inte släppa taget, aldrig i livet! Om jag ändå inte varit den förnuftiga, utbildade människan, utan en trollpacka, en häxa med kännedom om många mörka hemligheter! Då hade jag tvingat dig att dricka någon brygd som höll dig fast i den där härliga åldern – ett konserveringsmedel, om man så säger. Jag skulle nog inte ha kunnat motstå det, om jag känt till ett sådant recept. Mindre självisk än så orkar ingen människa vara. Jag skulle ha kokat ihop den där brygden efter bara lite betänketid, och stjälpt den i dig om jag så behövt använda våld, om jag så hade varit tvungen att ge dig den intravenöst. Sedan skulle jag förtjust luta mig tillbaka och ohöljt njuta av dig, som min egen amulett för tid och evighet. Ja, jag hade absolut trivts med det, och bara då och då känt sting av samvetskval."

Det lät otäckt, vi hörde det båda. Perverst, unket, djupt kriminellt. Men om jag kunnat skulle jag nicka vid vart och ett av hennes ord, för jag kände så väl igen känslan bakom dem. Om det nu är blott biologiska mekanismer som gör oss så fästa vid våra barn – vilka vidunderligt kraftfulla maskiner de måste vara!

Säkert heter drivkraften kärlek, som om det nu skulle säga något. Den är i så fall självisk till sin natur. Man borde kanske skämmas och motarbeta den. Eller kan den ändå vara av godo, kan självisk kärlek göra gott? Samtidigt ställer den onekligen till med en hel del elände också.

Mamma hittade Gud ske lov inte sin häxbrygd men hade andra sätt att stundtals nästan krama livet ur mig. När hon spände laserblicken i sin lille gosse och med retoriska frågor pressade mig till större och större ångest efter ett eller annat menlöst busstreck, ibland bara min oförmåga att leva upp till hennes förväntningar – då var gränsen mellan kärlek och hat flortunn. Jag vet inte ens om det alltid gick att skilja dem åt. Själv kände jag i alla fall ingen skillnad på dem.

Jag förstod inte alls hennes känslor för mig, tyckte väl allt som oftast att de var rent påfrestande. Det var något som emanerade från henne och gjorde luften tjock att andas, ibland så tjock att själva ljuset skymdes och temperaturen i rummet höjdes till kvalmig värme. Den där olustiga atmosfären som stundtals tätnade runtom oss var förstås hennes kärlek. Den kunde till och med skrämma mig.

Sådana laddade stunder var hon själv inte blind för.

Hon kände mitt obehag och ville inget hellre än lätta det, led själv av det – och gjöt därför ännu mer av sin eter över mig. Det blev en ond spiral. Jag vacklade. Hon kunde på det sättet få mig att gråta, det gick på ingen tid alls, då och då fick det mig till och med att må illa och spy. Det kan inte alltid ha varit lätt att vara mamma åt en sådan. Tja, jag hade nog en och annan gång drabbat mina egna barn på ungefär samma sätt.

Tonåren lättade på trycket. Fönstren slogs upp på vid gavel och jag kunde så att säga andas frisk luft. Den var kall – kylde mig inpå märg och ben – men jag andades djupt ändå.

"När du kom i puberteten var magin definitivt bruten", sa mamma lika självklart som om hon följt min tankegång, och huvudet slokade. "Jag begrep att det skulle ta slut, att det från första stund var ofrånkomligt. Det är nog den enda gången i mitt liv som jag har givit upp något, helt och fullt. Min lilla gulleplutt var död och begraven – i stället kom en uppnosig, lillgammal viktigpetter, som aldrig kunde kompromissa. Du sårade både mig och pappa otaliga gånger. Vi skojade om att låsa in dig på ditt stökiga pojkrum någon natt och mura för dörren och fönstret. Men vi kunde inte klandra dig och kalla dig otacksam – du var ju inte samma människa som den lilla pojke vi under flera års tid hängivit oss åt. Ni var inte ens lika. Vad gjorde du av honom? Inte var det vi som skuffade undan den rara lilla pojken? Det kan inte ha varit någon annan än du. Du tog livet av honom inifrån, trampade ner honom och tog över. Säg mig – är han alldeles utrotad, eller finns det någon liten skärv av honom kvar i ditt inre – djupt därinne? Jag undrar om du alls kan minnas honom. Hans ansikte är det som är svårast att skymta i ditt. Ibland tycker jag att han liksom flimrar till, men jag är osäker. Finns han där någonstans?"

Mamma, stackars mamma – kunde hon verkligen inte se det? Visst fanns han där, parveln, i högönsklig välmåga precis som alla de andra. Fast det måste samtidigt medges att han inte bredde ut sig tillnärmelsevis så mycket som den där odrägliga tonåringen.

# 10

"Vart tar du vägen?"
Är det mammas röst? Den kan inte vara nära.
Första gången jag stöter mitt kön i hennes sköte känner jag hur jag faller ner i en djup ravin – kall, mörk, fuktig. Det är inte säkert att jag någonsin kommer upp igen. Så långt som fallet är kan jag inte överleva.

När jag slår i mark på ravinens botten har jag en sådan hastighet att jag studsar tillbaka upp igen. På vägen upp – lika lång den – blir jag smörjd. Jag tänker på bibliska scener: Maria Magdalena smörjer sin frälsares fötter med dyra oljor.

Mitt kön oljas in och blir på så vis välsignat – jag kan se hur det glänser, fast jag inte vänder blicken åt det hållet och säkert inte skulle kunna skymta något om jag så gjorde. Som en lasyr, som den blänkande ytan på grällt färgade slickepinnar, som en bratwurst i grillkiosken när den just lyfts från stekbordet.

Nu är jag inte alls herre över min kropp, den följer bara

tyngdlagen. Så snart mitt kön nått till högsta toppen vänder det och faller ner i bråddjupet igen.

Vid andra stöten känner jag hur smidigt mitt kön löper längs med slidans tunnel, som vore de stöpta för varandra. Friktionen är minimal, så det här kan hålla på hur länge som helst. Jag faller, faller, och huvudet snurrar av svindel. Nog måste det gå undan så pass att fartvind föser mitt hår bakåt.

Det är berg- och dalbana förstås, en leksak för små och stora pojkar. Inte kan något så allvarsamt som nytt liv komma till på denna lustiga tur? Det måste vara rent nys. Vi är en bilmotor – hon en cylinder och jag kolven som slår i den.

På andra uppfärden känner jag att det inte är riktigt allt som hänger med tillbaka upp ur bråddjupet. Nej, något av mig blir kvar därnere i grottans fuktiga mörker. Vad är det? Jag vet inte, men känner det lika tydligt som om det vore en last som lyftes av mina axlar. Jag känner inte precis oro, men en stilla undran. Jo, kanske oro, när jag kontemplerar det mer. Vad går förlorat?

Precis när jag når toppen den andra gången hämtar jag hastigt in andan, som när man ska till att dyka under vattenytan. Genast faller jag igen. Går det inte ännu fortare nu? Jag tror också att det blir varmare. Kanske är det därför som friktionen tilltar. Ja, det blir varmare och passagen är strävare, trögare. Ändå accelererar jag, helt bestämt, och det ökar förstås ytterligare temperaturen.

Därför, när jag slår i botten den tredje gången, försöker jag trycka på lite extra, så att jag inte ska studsa tillbaka lika lätt. Kanske kan jag på det sättet retardera en smula – vem vet hur det slutar annars? Det hjälper inte ett dugg. Visst slår jag i hårdare den här gången, det till och med svider – men upp far jag ändå med minst samma hastighet som de båda föregående gångerna.

Hon har också hastigt dragit in luft, när jag slog i botten, som om hon ville skrika. Hon försvarar sig, hennes kropp slår tillbaka. Är det därför jag studsar ännu högre upp nu?

Vem är hon?

Det är så fånigt. Hon ligger där under mig, spritt språngande naken i en röra av täcke, lakan och klädesplagg som vi haft alltför bråttom att få av oss – men jag kommer inte på hennes namn, har ingen aning om hur hon ser ut. Visst vet jag det egentligen, kan bara inte förmå min hjärna att fästa tankarna på sådana ting just nu. Före första stöten var det viktigt, och då visste jag det hur väl som helst – jag skulle ha kunnat uttala hennes namn baklänges, skulle ha kunnat blunda och teckna varje särdrag i hennes ansikte för min inre syn. Nu är det ett töcken.

Jag har för mig att hon är blond, men det kanske bara är vad jag tycker att hon borde vara. Flickor borde väl vara blonda – i alla fall dem man älskar med? Jag tror vi är lika gamla men återigen – det är kanske bara hur jag tycker att det borde vara. Något säger mig att hon i själva verket är yngre än jag – så mycket som ett par år. Det är pinsamt, jag hoppas att jag har fel. Jag far ner i fjärde fallet och skäms över att göra min premiär i en yngre flickas sköte, som om det skulle vara ofarligare, oskyldigare, liksom lite fusk.

Ja, det är min premiär. Det är väl därför jag faller så fort och så långt för varje gång. Erfarenhet får förstås en mans stånd att växa, och ju större det är desto kortare blir naturligtvis fallet. Vilken nybörjare jag måste vara, med dessa väldiga fall, detta bråddjup!

Men känn efter – är det inte så att fallet blir en liten aning kortare för varje gång? Kanske växer jag alltjämt, så att jag snart ska fylla ut hela ravinen och därmed inte mer röra mig. Jag längtar efter det ögonblicket. Detta evinnerliga farande upp och ner blir man så yr av.

Jag vet inte om det är så roligt, när man tänker efter. Jag är på väg upp efter mitt fjärde fall och tycker att jag plötsligt ser vidare omkring mig. Landskap breder ut sig runtom oss. Sängkläderna, sovrumsväggarna, fönstret där till vänster med neddragna persienner och fördragna blåvitrandiga gardiner. Hade vi inte släckt lamporna, nyss var det väl alldeles mörkt? Nej, det var nog bara jag som hade hållit ansiktet tryckt mot kudden, som ligger och pöser bredvid hennes ansikte.

Ja, jag ser också henne nu, hastigt, suddigt, som när man tagit ett foto på någon förbirusande. Hon är inte blond. Jag var rädd för det. Och hon ser ut att vara yngre än jag, kanske flera år. Jag var rädd för det också. Jaha. Vet hon att det är min första gång? Jag minns inte hur ärlig jag behövde vara för att lirka henne hit. Jag anar att det förekom en hel del lismande och beräkning.

"Å!"

Vem var det? Det dröjer åtskilliga förvirrade ögonblick innan jag får klart för mig att det var jag själv.

Jaså, det fanns mer. När jag vänder ner i det femte fallet, då har all oljan nötts bort från mitt kön, friktionen är så hög att det är ett under att jag inte fastnar mitt i tunneln – och nu känns det! Oj, oj, att det är möjligt! Jag vill gråta, jag vill tacka någon – en högre makt, en skapare eller något slags chef, som måste ligga bakom det här. Vilken överraskning! Har någon gripit tag i mitt kön och svingar mig runt i det? Har jag tappats på allt blod och fått det ersatt med etanol? I alla fall måste det vara någon som likt filippinska helbrägdagörare har stuckit in händerna i min mage och rör om bland mina tarmar, allt vad han orkar. Det är hans knådande som får mig att andas så krampaktigt och frustande. Det här kan inte vara riktigt nyttigt, det vänder ju ut och in på hela min kropp. Jag ser ingenting längre. Jag faller.

"Å!"

Jag igen. Så hårt jag slog i marken, det måste bli blåmärken. Det känns som om jag sprack. Som en ballong fylld med vatten, när man kastar den till marken från en balkong på sjunde våningen. Plask, och så blir det blött. Jag förstår att det gick för mig, men det tog faktiskt en stund att begripa. Genast blir det liv i flickan.

"Nej, låt bli!" utbrister hon och rycker sig ur mig, mycket lättare än jag trodde var möjligt. Ändå är det för sent, förstås.

Genast då hon dragit sig tillbaka så att mitt kön halkat ur hennes grotta – nu är det inte alls något djup att tala om – faller jag ihop på sängen och min näsa trycks in i kudden. Jag hamnar på mage, mitt kön kläms mot madrassen, det viker sig ovilligt, fortfarande utsöndrande sin säd, tror jag, i några pulsslag.

"Fan! Kunde du inte hålla igen?"

Jag tycker inte om henne. Jag gräver in min hand mellan magen och madrassen, knyter den om mitt kön och pumpar lite grann, kanske mest för att jag vill känna efter, inspektera och liksom återerövra mitt kön. Under akten var det som om det hade rövats bort från mig, tagits över av främmande makt. Nu är allt som det ska igen. Jag håller ett ordentligt tag om mitt kön och känner hur det domnar bort och krymper, retirerar in i min kropp.

Ett leende sprider sig på mina läppar, fast de är fasttryckta mot den mjuka kudden. Jag vet nog vad leendet kommer sig av. Jag vill göra om det här.

※

"Här, mamma! Här är jag."

Säger jag verkligen så? Hörde hon det, den där flickan som inte är blond och inte alls jämnårig? Så in i norden kan jag väl inte göra bort mig, inte nu! Men hon är inte där. En sval hand rufsar om i mitt hår. Handen är ganska stor och stark, tror jag. Pappa förstås. Han har hittat mig nu äntligen.

Jag var rädd nyss. Det dröjde ju så länge. Vilken dum idé det här var, varifrån hade jag fått den? Jag ska alltid hitta på en massa saker som inte är kul, inte egentligen. Men hur skulle jag kunna veta det innan?

Tänk om han hade startat bilen, utan att ha en aning

om att jag låg där och tryckte. Tänk om han hade backat och svängt direkt, och kört över mig! Han har ju alltid så bråttom, så fort han sätter sig i bilen. Han kunde ha kört över mina ben och skulle inte höra mig skrika, så mycket som bilen brummar när han gasar den.

Det gör ont i benen när jag tänker på det. Jag vågar inte röra dem, är inte alldeles säker på att det inte är vad som har hänt. Han kanske har kört över mig, kanske står han där och rufsar om i mitt hår för att det inte är mycket annat att göra, för att trösta mig medan jag ligger där... ligger och... kanske.

Jag vägrar att öppna ögonen innan jag är säker på hur det är.

Handen är borta nu, jag märkte inte när han lyfte den. Kliver han in i bilen?

\*

"Du lovade ju att hålla dig!" Hon är arg på mig.

Jag står framför spegeln. På en sandstrand. Sjövatten skvalpar på alla sidor om mig, fast jag begriper att det inte borde vara så. Om jag skulle sträcka ut handen och peka åt det håll sjön ligger skulle det sedan bara skvalpa därifrån, men just nu är det överallt. Därför fryser jag lite, fast solen strålar och det är alldeles vindstilla.

Mina armar är långa, sträckta mot spegeln. Jag tror att jag håller i den, annars skulle den falla till marken och min spegelbild genast studsa mot skyn. Mina tårar borrar sig ner i sanden, fast den är så het att det bränns. Det känns mest i hålfötterna.

Jag är hungrig men har ingen lust att vittja picknickkorgen. Mat blir så mjuk och degig på stranden, hur man än packar in den. Läskedrycker blir varma och klibbiga. Det är bättre att vänta tills vi kommer hem.

Jag förstår att någon står och trycker, gömd på andra sidan om spegeln. Den räcker ovanför mitt huvud och är nästan en halvmeter bred, så där är gott om plats att gömma sig bakom den. Men jag vet vem det är, vem det helt enkelt måste vara. Jonas, förstås. Han vågar inte titta fram nu, när jag är så upptagen av min spegelbild. Det är klart, man får förstå honom. Vad skulle han ha här att göra?

Är det ändå inte konstigt att vi är lika gamla? Det slår mig att det kanske var han som nyss knullade den unga flickan. Ja, det förklarar ju varför det gick så fort. Men i så fall måste det också ha varit han som gömde sig under bilen – jag körde väl inte över honom? Kanske skulle vi ta och äta lite av det vi tog med oss, i alla fall. Han kan behöva lite kalorier, så mager som han är – och så blek, trots många timmar i solgasset. Alltid så blek.

"Du kunde väl fråga mig först?" säger jag till honom med ett vemodigt klandrande tonfall. Inte alls skarpt, men ändå så att det ska tränga igenom – särskilt som spegeln står mellan oss. "Du kunde väl ha tagit upp saken med mig. Jag kan ju faktiskt vara till någon hjälp ibland."

De skrattar högt allihop nu, men jag vet att det inte är åt mig. De kom att tänka på något roligt. Det är ju en sådan atmosfär nu, alldeles uppenbart. Det ligger i luften. Jag trär sakta av mig badbyxorna, som förstås är fyllda av sand och fuktigt kalla. De skrattar alltjämt därborta och har väl glömt bort att jag är här.

Tänk, spegeln föll inte alls när jag släppte mitt grepp om den. Jag tror att den är betydligt längre och går djupt ner i sanden, som figurerna på Påskön.

Jag kan bara inte komma på vad jag ska göra med badbyxorna. Någon vits ska det väl vara med dem? Det ger sig nog så småningom. Hur som helst måste de ju hållas rena. Jag kliver ut i vattnet och vaskar dem. Det är så kallt i vattnet att huden på mina fötter drar ihop sig och det svider lätt på vaderna, precis där vattenlinjen går.

※

Kan du höra mig, mamma? Mamma! Du var borta ett tag, eller hur? Du trodde att jag inte skulle märka något. Jag kan slå vad om att du var ute och tog en chokladkaka i automaten nere vid hissarna.

Du tror att du ätit upp dig som en medvetet kontrollerad handling, och det var säkert så i början. Men nu är du fast, vet du, nu har magsäcken svällt och kräver av dig att fylla den. Med tiden blir du nog väldigt tjock, mamma. Det gör inget.

Det är något särskilt när folk kommer gående emot en. Steg för steg, rakt åt ens håll. Då känner man hur själarna liksom vittrar varandra först, ungefär som hundar gör, eller kanske som ugglorna spanar, när de sitter på trädgrenar och snurrar på sina huvuden. Man möts – det är egentligen ett under, bara det.

Jag älskar möten, de är näring. Att komma, aldrig gå. Har två människor en gång mötts, så har själarna smittat varandra och små stänk av dem lever kvar i båda personerna. Ungefär som yin och yang – lite av yin i yang och lite av yang i yin. Det finns inga rena tillstånd, inget absolut mörker, inget absolut ljus. Lite av varje. Ja – lagom.

Vi är som virus, smittar och förökar oss i varandra. Det är vackert, tycker jag. Jag ville ju smitta andra, ville att varenda människa på jorden skulle visa symptom på mig, på min smitta. Jag ville rista mina spår.

Jag vet inte om det blir något kvar efter mig. Allting rör ju på sig – hur ska man kunna förbli, på något sätt alls? Jag har sett det ske, hur många gånger som helst. Riv ett hus och folk ska snart gå förbi utan att någonsin mer se var det stod. Ryck bort en människa...

Har jag satt några spår efter mig? Jonas! Jag vill hellre att du för alltid bär ärr från min uppfostran, än att du går från det här rummet med lätt hjärta och glömsk om mig. Är det grymt av mig?

Det blir för trångt i mitt huvud. Jag vill spy det ur mig – en slutsats, en tung, stadig klump av något, som blir det verkliga arvet efter min person. Låt mig märka er alla. Mitt bomärke, som en riktig cowboy med brännjärn.

Det fräser och ryker när jag trycker järnet mot ditt bröst, Jonas. En skarp doft av bacon kanske, vad vet jag? Så slät som din bröstkorg fortfarande är törs jag lita på att inget hår ska växa ut där och dölja märkningen. Annars kan jag brännmärka din skinka också, och din överarm vid axeln, precis där de brukar vaccinera. Jag vet att mina flickor inte skulle tilllåta att jag gjorde det på dem, lika lite som min fru. Men du måste gå med på det. Jag tror att det är en naturlag, förstår du, en biologisk självklarhet.

Så knäpp upp skjortan, min son. Kavla upp ärmen, dra ner byxor och kalsonger. Om det svider ska jag trösta dig – och bjuda på en grogg efteråt, vad din mamma än säger om det. Är det inte skönt så, Jonas? Håller du inte med mig om att det är nödvändigt?

Din mor hade en affär, visste du det?

Jodå, din rara mor, som strök din skjorta när du skulle klä upp dig för skolavslutning och tog tempen på dig när du var sjuk – i rumpan på klassiskt vis, det enda sättet hon litade på. Hon hade en kärlekshistoria i smyg, när vi fortfarande var en kärnfamilj. Det var inte bara jag som kunde, ser du.

Jag visste om det från allra första stund, när deras blickar första gången möttes. Man är ju inte blind. I själva verket behöver man bara döma efter sig själv, så ser man andra människors handlingar klart som korvspad.

Det var jag som presenterade dem för varandra. Kanske hade jag i själva verket en baktanke med det. Han var en av mina bästa vänner. Jag tyckte verkligen om honom. Du var bara ett spädbarn. Jag tror säkert att du var med dem på en och annan rendezvous, men det kan du inte minnas något av. Hon fick väl ta paus i älskogen när det var dags att ge dig di. Tänk dig, ni turades om att kyssa hennes bröst!

Det är klart att jag led av det, men vad skulle jag göra?

Att gå ifrån henne – det är så teatraliskt, det fungerar inte i verkligheten. Visst önskade jag att jag skulle ha beslutsamhet nog för att bryta upp, men det var omöjligt. Hon bar ju min son i famnen. Ja, jag var ju rätt fäst vid henne också, på den tiden. Jag älskade henne, så gott jag förmådde.

Så jag deltog aktivt i deras snedsprång. Jag bjöd hem honom till oss, högljutt och hurtigt. Flera gånger. Jag såg till att anmäla mig till några meningslösa, trista konferenser och kurser på jobbet, så att jag skulle vara borta från hemmet. Så fort jag så mycket som blinkade kunde jag för min inre syn se hur han vältrade sig i min säng, men jag fortsatte att spela dem i händerna, allt vad jag kunde.

Var det kanske en taktik, mycket mer insiktsfull än jag själv begrep? Hon tröttnade ganska snart på honom och det berodde säkert på att hon behändigt fick träffa honom så ofta. Nyheten var kvickt väck, spänningen likaså. Sedan visade det sig att familjen, äktenskapet och det ombonade hemmet vägde tyngst för henne. Kanske också att jag vann över honom i det långa loppet, som sköldpaddan över haren. Hon måste nog ha tyckt att jag var ett bättre parti, trots allt.

Vi pratade aldrig om det. Bäst så.

Ärligt talat, jag kan ana att hon lockades av honom för att jag fått lite svårt med sexlivet efter att ha bevittnat förlossningen där du föddes, Jonas. Det tog emot att lägra henne därefter, det var till och med en liten smula äcklande. Kanske att jag föste ihop dem för att han skulle utföra med henne vad jag för stunden inte riktigt trivdes med att göra – den äktenskapliga plikten. Jag tror också att det var hennes otrohet som väckte min åtrå på nytt, så att jag åter kunde gräva in mitt kön i hennes, utan att hålla andan och spänna nacken så gruvligt.

Det hindrade ändå inte att jag blev vansinnig på hans falska förbindlighet mot mig. Tänk att gammal vänskap betydde så lite mot könsdriften. Hur många gånger gick impulsen genom min hjärna att slå honom till golvet, sparka honom i skrevet? När han tittade förbi hemma hos oss på själva julafton, tog för sig av skinkan och delade ut julklappar till oss allihop!

Jag fick ett långt metspö av bambu – han ville väl ha mig ur huset på ändlösa fisketurer. Metspöt var smäckert och vackert, jag tänkte att det var märkligt vilken skönhet förräderiet kunde ikläda sig.

Visst var det jag som hade bjudit in honom, vilket inte ett dugg hindrade att jag stod där med metspöt i hand och drömde om att piska honom med det.

En lång tid därefter hände det då och då, när min fru och jag låg med varandra, att jag fantiserade om deras kärleksakter. Jag blundade och föreställde mig att jag var han, eller att jag satt bredvid och tittade på. Då var det svårt att hålla tillbaka utlösningen.

Hon kunde mycket väl ha anat vad som rörde sig i mitt huvud sådana stunder, eftersom jag alltid annars lägrade henne med en viss sävlighet – säkert i själva verket lite för metodiskt. Men hon var så vacker, där hon öppnade sin famn och hela sin torso för mig. Jag ville inte gå miste om det, ville behålla all min varseblivning för att bränna fast varje detalj av scenen i minnet.

Det fungerade. Fortfarande kan jag spela upp ett stort antal av våra kärleksakter för min inre syn, som om de vore dokumenterade på video. Genom åren har jag inte så sällan återkommit till dessa pirrande minnen. Vilken skatt! Det kan väl inte gå an att hela denna sagolika skatt ska förfaras vid mitt frånfälle?

# 11

Jaså, du är kvar ännu? Jag trodde absolut att du skulle ha tröttnat och gått din väg vid det här laget, kära mor, men du är av ett annat virke, minsann. Eller är detta ett nytt besök – har kanske dagar gått sedan sist? Jag minns inte riktigt att du lämnade mig, men å andra sidan minns jag över huvud taget inte vad som hänt på sistone.

Jag har förmodligen sovit. Somnade jag under ditt besök, eller slumrade jag bara till några sekunder, sådär som man gör på bussresan till jobbet om morgnarna?

Mamma står stilla invid sängkanten med rak rygg och huvudet framåtböjt, som en gatlykta. Hon är så stilla att man kunde tro att hon somnat. Blicken är fästad på mig men jag undrar om hon egentligen ser något. Jag tror att hon sjunkit djupt ner i sina minnen, förmodligen de som har med mig att göra – och det borde ju vara en del. Nå, mamma, hade vi något kul ihop?

Inte en min kommer över hennes ansikte.

Så fort det gäller familjen – såväl den jag växte upp i,

som den jag själv sedan skaffade mig – tänker jag först och främst på julaftnar. Åren, decennierna, är ett radband av julaftnar och precis som radbandet går de i cirkel, så att det inte riktigt låter sig göras att skilja ut en första och en sista julafton. De smälter samman till en enda gigantisk jul, med berg av klappar, högar av mat och floder dryck.

Jag har aldrig kunnat med någon dans kring granen. Redan som litet gossebarn sprang jag och gömde mig under den bredaste sängen, så fort det var på gång. Andra ungar älskade det, men för mig var det en fasa. Då och då var det någon traditionsbunden vuxen som letade efter mig och ville dra fram mig ur min mörka vrå, men det satte mamma snart stopp för. Hon tyckte att jag var en tok, ett fån, som inte ville vara med i den lustiga dansen – men hon accepterade.

Dansandet bar mig emot, alla blev som förbytta då. Deras ansikten sprack upp i vildsinta leenden från öra till öra, det ryckte spastiskt i deras kroppar och rösterna fick något gutturalt över sig. Det var som att se sin familj förvandlas till bestar från vildmarken. När jag blev vuxen förmådde jag med nöd och näppe behärska min olust och stillsamt åse andras dans runt granen.

Faktum är att jag med tiden njöt av att vara den stillatigande betraktaren. Jag kunde sitta där i soffan, läppja i mig så mycket glögg att tungan klistrades mot gommen, kika på den bullriga, stökiga dansen runt granen och tycka att människan sannerligen är ett underligt djur. Deltog gjorde jag aldrig, aldrig. Kanske var det därför som jag satte en heder i att göra allt det andra desto mer helhjärtat.

Som liten grabb i föräldrahemmet levde jag mig så mycket in i spänningen med de hemlighetsfulla julklapparna, att jag flera jular inte kunde motstå att i lönndom om natten före dopparedagen bryta mig in i dem. Men det kanske alla barn gör, om de får chansen.

Jag brukade krypa in i klädkammaren, som var den enda vrån i mitt uppväxthem där jag fick vara ifred, dessutom oftast gömställe för julklapparna, varefter mina föräldrar handlade upp dem. De var med sådant så pass välorganiserade att de flesta inköpen gjordes långt före själva julhelgen. Ibland hade de inte ens hunnit packa in alla klappar, men när så skett var jag en rackare på att lirka undan snören, sprätta upp tejpbitar och veckla upp omslagspapper, utan att det syntes ett dugg när jag fått ihop dem igen efteråt. Jag kunde ägna timmar åt det, där i klädkammaren, i skenet från en ficklampa eller ett stearinljus. Det blev varmt därinne, kvavt också.

Jag svettades av spänningen, för jag begrep från första stund att det jag gjorde var närmast ett helgerån. Mina föräldrar skulle ha blivit så besvikna på mig, om de upptäckt mitt företag. Nu var det i stället jag som fick stå för all besvikelse. Julaftnarna förlorade en stor portion av sitt sagoskimmer när klapparnas hemligheter röjts dessförinnan.

Julklappsutdelningen blev förstås besvärlig, jag hade ett sjå att hålla masken och utbrista i förtjusta ljud, det ena mera falskklingande än det andra. Ingen genomskådade det någonsin, vad jag kunde se.

Det var säkert sådana malörter i min barndoms julaftnar, som gjorde att jag alltid kostade på mina egna barn mycket dyrbarare och ståtligare julklappar än jag borde. Jag satte en heder i att de skulle få saker som de inte väntat sig, inte vågat drömma om. Aldrig nyttiga saker, aldrig sådant som man lika gärna kunde köpa till dem på andra tider av året. Jag förstod också att noga ombesörja att mina barn inte hade någon möjlighet att göra detsamma som jag i barndomen haft för vana. I vårt hem förvarades julklapparna säkrare än såväl familjejuvelerna som våra livförsäkringsbrev.

När barnen hade växt upp tröttnade jag i ett slag på julen. Jag har inte ens orkat deltaga i något julfirande i mina barns hem, fast de varit rara nog att alltid bjuda mig. Tvillingarna firar förstås jul tillsammans. De är numera en talrik skara med sina familjer. Jonas lär förena sig med dem ibland, men jag tror att han egentligen känner lika lite som sin far för julen.

Ändå finns det en essens i julen, ett skimmer som inte mattas av alla upprepningar genom åren. Denna essens har nog med Jesusbarnet att göra, den vackra historien om krubban, herdarna och stjärnan över Betlehem.

'Släpp in Jesus i ditt hjärta!' säger de till en. Jag har hört det från många som sagt sig vilja rädda mig – och därmed själva triumfera i god gudfruktighet. Min misslyckade tonårskärlek Margareta var varken den första eller den sista. Deras ord biter inte på mig, de får mig aldrig att känna någon verklighet bakom sina vackra fraser. Var är kärleken, var är lyckan? Bakom deras minspel skymtar jag mer av skygghet inför jordelivet än visshet om någon strålande himmel. Nej, de har inget att komma med.

Jesus är en annan femma. Själva historien om honom är så bedårande. Man ville att den vore sann. Världen borde fyllas av sådana öden – och av sådana underbara människor. Förmodligen är just den känslosamma historien om honom den starkaste lockelsen, den bästa reklamen för hans kyrka. Dock går det inte att avfärda honom enbart med detta. Jesus är mer. Jag tror att han är det högsta föredömet för människor och att han just därför måste existera, på något sätt.

De talar om fadern och sonen, men för mig är Jesus närmast en bror, en underbar bror som alltid finns där, alltid ställer upp. En storebror förstås, men inte större än att han visar förståelse för sin lillebrors tillkortakommanden och bryderier.

Tänk att ha en sådan bror, som stiger fram till ens försvar när man knuffas runt av retsamma klasskamrater i skolan, som bjuder av sitt lördagsgodis när man återigen varit glupsk nog att äta upp sitt eget på fem minuter blankt, som berättar för en hur det där med pojkar och flickor fungerar, som smusslar in en på barnförbjudna filmer och sitter så tätt inpå i biomörkret att man aldrig blir riktigt rädd, som knuffar undan en när lastbilen kommer slirande i snömodden, fast han därmed själv blir träffad av den och dör en vacker död... Finns någon vackrare död?

Jag har ingen storebror. Jag vet att jag annars skulle beskriva det mer profant. Jag har inga syskon alls. I sådant armod ville jag inte försätta mina egna barn. Vad jag än sa till mig själv, så var det viktigt för mig att inte låta mig nöja med blott ett barn. Det löste sig ju redan vid den första förlossningen med att vi fick två på en gång.

Sedan, när Jonas kom, insåg jag plötsligt att om vi fortsatte kunde Jonte bli just en sådan storebror som jag drömt om – men det var en roll jag hellre först prövade själv. Om jag inte fick chansen att bli som en storebror för min son skulle jag aldrig kunna knyta honom till mig, tänkte jag. Han fick julklappar i stället för småsyskon.

Jo, det var nog så att jag delade ut hans klappar med större angelägenhet och förväntan än hans mors och systrars. Det krävde inte heller någon högre matematik för att konstatera att de fick kosta mest. Visst slängde jag då och då iväg upprörande mycket pengar på presenter till min fru eller tvillingarna, men det var mest för att dölja faktum. Deras klappar blev mer och mer blott alibi, men till Jonas ville jag ge själva den heliga Graal, om det stått i min makt.

Jag tror att det besvärade honom. Förmodligen hade hans systrar ett och annat att säga om saken, när de var i den åldern då sådant betyder mycket, och det var förstås hans öron som drabbades. Kanske inte bara öronen – flickorna var ju tidvis rätt hårdhänta mot sin bror.

Jag hade svårt att gå emellan, sådana stunder, förbryllande svårt. Jag ville av hela mitt hjärta men tordes inte. Dels kunde jag inte riktigt stå ut med tanken att behöva försvara min son mot sina systrar – som om det manliga könet borde vara garanti för ett övertag även mot två kvinnliga angripare – och dels var jag rädd för att i så fall bli för hårdhänt. Där lurade för många känslor inom mig, alltför ömma punkter. Jag skulle kunna råka skada tvillingarna allvarligt. Något sådant hade så när hänt en och annan gång.

Att man aldrig kan få till det ordentligt, hur man än vill! Mänskliga relationer är ett enda gytter, en häxkittel av motstridiga krafter och kolliderande önskemål. Tog man en grupp om blott tio personer och gav dem en ö lika stor och rik som Hawaii att leva på, skulle de lik förbannat tränga ihop sig på en liten fläck och genast börja bråka om utrymmet. Våra julaftnar blev tyvärr något av skådeplatser för denna mänsklighetens djupa olycka.

De doftade av nejlika. Vi brukade trycka fast torkade nejlikor på mandariner och hänga upp i fönstren. Doften var härlig och skänkte mig mer julstämning än till och med granen, men mandarinerna såg ju för vämjeliga ut, om man tänker efter – som spikklubbor. Nå, doften gjorde mig rusig. Den blandade sig med aromen från julmaten, jag sög in den med cigarrettröken och snusade den i sömnen. Nejlikorna kom god tvåa efter Jesus, när det gällde att ge julen en särdeles stämning.

Barnen kravlade runt på golvet vid granen, i soffan och runtom julbordet. De var så ivriga från uppvaknandet tidigt på morgonen tills de somnade i en hög på soffan sent på kvällen, att de aldrig hade tid att klä sig. De genomlevde hela julafton iförda pyjamas. Och de förde ett väldigt liv, utom under den timme då Kalle Anka visades på teve – då var de i stället angelägna om att hyscha alla och tittade skarpt om man så mycket som ställde ner kaffekoppen med ett skrammel på soffbordet.

Jag älskade denna timme av eld upphör. Den blev genom teveprogrammets dominans en lika central del av julaftonsfirandet för mig som för mina barn. Jag sjönk ner i soffan och blundade. Ibland kunde jag nicka till men mestadels satt jag där djupt nedsjunken, hörde den idiotiska dialogen och de fåniga sångerna från teven, kände flimret av tevebilden mot ögonlocken, barnens lätta, korta andhämtning när de koncentrerade sig helt och fullt på teverutan, deras mors diskreta harklingar – en nervös åkomma hon drogs med ända tills vi skiljdes. När det var dags för Bengt Feldreich och Benjamin Syrsa att sjunga, vaknade jag upp ur min sköna slummer och kände hur vardagslivets alla trivialiteter och små plågor åter fick fatt i mig. I det ögonblicket var julafton över för mig, fastän många timmar och ett antal plikter återstod.

Jag undrar varför min lust för jul tog slut när familjen bröts upp. Vore det inte skönt att sakta bli äldre i den där soffan, medan först barnbarn och sedan kanske till och med barnbarnsbarn förhäxades av Disneytimmen? Hundratals nejlikoprydda mandariner i fönstren, kanske tusentals om man räknade alla genom åren.

"Du lurar ingen, ska du veta. Du hatar julen!" slog min fru bestämt fast en sen julaftonkväll, då barnen hade nattats. Hon sa det anklagande, som om det vore en styggelse, ett skändligt brott mot mänskligheten.

Jag hatar inte alls julen. Tvärtom. Jag hatar det ofrånkomliga faktum att den tar slut – alldeles för fort, som det mesta här i livet.

En gång hade min fru riktigt fått mig att hoppa till i soffan. Utan att någon av oss lade märke till det, spelade hon in hela Kalle Ankas julshow på video – jag tror att det var första året vi hade en sådan mackapär. Så snart teveprogrammet tagit slut spolade hon tillbaka kassetten och knäppte på programmet igen.

"Nu kan vi se oss riktigt mätta på det!" sa hon och log mot barnen, som gapade och stirrade.

Hennes leende var kluvet, minst sagt, och barnen såg rätt förfärade ut. Det var naturligtvis en omvälvande handling. Ungarna var inte längre så små att de kunde fångas hundraprocentigt av den omedelbara reprisen. Själv fick jag ingen särskild vila andra varvet, eftersom jag ideligen sneglade på min fru och undrade vad hon hade i tankarna.

※

Kan vi komma överens om en sak, kära mor? I och med att jag har satt barn till världen – i alla fall medverkat till det – kan vi väl säga att det är bra, att jag har gjort mitt? Jag förstår att du inte vill gå med på att ditt kött och blod sätter punkt för sig, innan du själv rycks bort och på så sätt skonas från detta snöpliga slut – men nu när avkommans fortgång är säkrad måste du väl förlåta mig? Jag lovar att det inte ska bli en vana.

För tusan, det är ju inte bara så att jag har fortplantat mig, det har ju också min avkomma gjort – utom Jonas förstås, men det kommer väl när som helst. Du har väl inget skäl att tro att han skulle vara mindre fertil än jag? Vad mer begär du? Är jag en lymmel som passerar dig i löparbanan, är det vad som plågar dig – att du blir varvad av din son? Visst hade du tänkt dig att det skulle bli jag som fick den svårare rollen i vårt avsked – i alla fall den roll som varar längst, har flest repliker, om man så säger. Vi är tafatta när det gäller det där med sorg.

Tänk om jag kunde teckna ett kontrakt med dig, utkräva ett ansvar över de mina – de är ju på sätt och vis också dina, eller hur? Jag vill att du räddar dem från allt svårt, väver in deras liv i en gyllene täckelse som släpper in all sol och ingen skugga. Fråga mig inte hur det ska gå till, men jag vill att du lovar att ordna allt till det bästa. Den här livlösa klumpen, detta tynande fån, kan ju inte längre göra ett endaste dugg.

Du kunde till exempel servera dem honungste när deras halsar blir skrovliga, stoppa om dem när vintervinden tjuter i fönsterblecket utanför sovrummet. Det fungerade ju bra på mig.

Du var också duktig på att duka i mig en massa vita lögner om hur allt ordnar sig till det bästa och inget ont kan vederfaras en liten unge som gör så gott han förmår och tar lärdom av tillrättavisningar. Kanske fungerar sådana besvärjelser bättre på mina barn och barnbarn än de gjorde på mig. Hur som helst vet jag att dessa lögner ger tröst när ett ungt hjärta klappar fortare än det borde behöva göra.

Ja, det ska medges såhär på det yttersta, mamma, att ibland var du en riktigt duktig storebror.

*

Där står hon alltjämt som en gatlykta vid min sjuksäng. Men nu vaknar blicken, ögonbrynen rör sig en liten aning. Är det ett leende som försiktigt prövar sig fram i mungiporna? Kanske inte.

"Nog måste det finnas något magiskt sätt för oss att byta plats?"

Hon trycker handflatan mot täcket ovanpå mitt bröst, ungefär där mitt hjärta sitter. Det är nog också vad hon siktar på.

"En urgammal formel från mytologisk tid. Det vore ju bara att rätta till situationen, så att den blev mera rimlig, mer som den borde."

Sannerligen känner jag livskraft strömma från hennes hand genom täcket och in i mitt bröst. Värmen stiger och mitt hjärtas bultande tycks ta kraftigare spjärn, pressa större portioner blod genom sina kamrar. Jag vet att det inte åstadkommer något under, jag kommer inte att ta min säng och gå. Men det lindrar, det skänker mig en tydligare förnimmelse av hela min kropp, som sånär hade skärmats av från mig, blivit som upplöst.

"Å andra sidan...", fortsätter hon dröjande, "...det skulle innebära så mycket mer. Om det gick att göra, då skulle mycket annat som vi bara anar kunna vara lika verkligt och möjligt. Och då vete gudarna om man törs mixtra med ödet. Kanske tvingas man då konstatera att det bästa är att låta saker och ting vara? Vem vet vad för liv det skulle ge dig fortsättningsvis, om vi kunde byta med varandra."

Hon lyfter handen från täcket i en plötslig rörelse och tar samtidigt ett halvt steg tillbaka.

"Nej, nu yrar jag väl ändå? Vad tar det åt mig – har jag så svårt att acceptera det som sker, ska jag till och med gå och bli tossig på kuppen? Det är det ju ingen mening med. Jag är nog bara trött – och hungrig, alldeles säkert. Jag behöver något att äta."

Nu spricker leendet upp.

"Du tar på krafterna, min lilla gubbe, som alltid."

Den kärleksfullt skämtsamma repliken gör ont i mig, svider som ett spjut i bröstet. Det drabbade en engelsman på safari, i den första roliga historien jag lärde mig att återberätta. Engelsmannen träffas mitt i bröstet av ett infödingsspjut och faller till marken. Hans ressällskap lutar sig över honom och frågar hur det är fatt. 'Gör det ont?' undrar han bekymrat. Den fallne svarar mödosamt: 'Bara när jag skrattar.'

Hur sant är inte hans svar – mer än som ett uttryck för engelsk självbehärskning. Men mammas kommentar svider för att jag hastigt inser att den kunde uttalas av varje mor om varje barn. Vi människor är identiska i det allra mesta – även i vår dröm om att vara unika.

Jag tycker mig se hur varje sal i hela sjukhuset är fylld av likadana scener. Mammor som lutar sig över sina döende söner och försäkrar att de tar på krafterna, de små gubbarna, och det har de alltid gjort. Ja, i svindlande hastiga scener ser jag oss leva identiska episoder från vaggorna till våra dödsbäddar. De första stapplande stegen, vingliga cykelturer på trehjulingar, skoldanser med för många ljumna öls illamående växande från magen uppför strupen, och så förstås en väldig mängd julaftnar. Vilken monotoni!

Ändå ville jag gärna leva alla dessa repriser, gå igenom alltihop igen och igen. Den är fager, denna skog av upprepningar. Varje enskild kopia har skönhet, njutning, liv.

Jag skulle gärna leva vart och ett av alla dessa liv. Då jag ser andra människor gå in till sina ombonade hem, vända sig om när någon på gatan ropar efter dem, lyfta glaset till en skål med bordskamraterna på krogen – varje gång får jag ett sting av avund i bröstet: där går ett liv som jag inte lever, ett öde som jag inte får uppleva. Det är aldrig nog, hungern är lika envis som hos den proppmätta, när han ändå sneglar på bordsgrannens oavslutade portion. Vi kan bli mätta, men det betyder inte att vår hunger någonsin ger med sig.

Jag minns nog var och en av alla mina dagar. Jag tror att jag hastigt har klivit in i senilitet, i yttersta ålderdom, som om det är en biologisk nödvändighet för varje människa innan hon lämnar livet. Scener från uppväxten, tonåren och mitt vuxna liv trängs bredvid varandra. Det liknar en diaprojektor som löper amok. Varje bild slås undan av nästa i rasande fart, ändå hinner jag återuppleva de passerande minnena med samma skärpa som då det verkligen begav sig. Kanske har skärpan till och med ökat.

Under mitt vuxna liv har jag annars bara orkat minnas förflutna år i enstaka, korta ögonblick. De har bitit för hårt, klöst min mage lika påtagligt som räven gjorde på legendens gosse från Sparta: han gömde en rävunge innanför sin klädnad, och när fadern frågade vad han hade där svarade gossen, för att slippa ge upp sin nyvunna lekkamrat: 'Ingenting.' Men rävungen ville ut och klöste och bet i gossens mage. Den unge spartanen lät det ske utan att röja sig med en min, hellre än att bekänna sin lögn. Fadern stod där och väntade, införstådd med vad som höll på att hända.

På sätt och vis har det varit samma sak med mina minnen. Jag försköt och förnekade dem, hellre än att bekänna hur hårt de gripit mig. I mitt stilla sinne, som det så missvisande heter, har jag hela tiden känt att minnena varit mig övermäktiga. Om jag inte flydde dem skulle de dränka mig. Tyvärr, inte heller det är på något sätt unikt, har jag förstått.

Den lille spartanen, han dog av såren.

Nu när jag är som vekast, ohjälpligt tynande, tål jag dock minnena. Det måste vara precis vad gamla människor upplever. Jag har faktiskt hört en medicinsk förklaring på det. Man säger att människans alla minnen på ålderns höst slutligen fyller hjärnans lagringsutrymmen, så att mer inte får plats. Då har hjärnan en rensningsfunktion som går ut på att de äldsta minnena dyker upp i människans medvetande, för att hon ska kunna granska dem och avgöra om de bör bevaras eller kan utgå, för att ge plats åt nya minnen. Alla gamlingar väljer tveklöst att hålla fast vid dessa gamla minnen och förlorar i stället förmågan att hålla reda på vad som händer i nuet.

Jag kan förstå dem. Man måste vara rent förbaskat säker på ett evigt liv i Himmelen, för att våga göra något annat. Så säker är ingen.

Vad som framför allt förvånar mig inför anstormningen av minnen är vilken framträdande plats döda ting har i dem. Jag trodde att familj, vänner, älsklingar, förmodligen också meningsmotståndare och ovänner, skulle stiga fram i minnesglimtarna, likt huvudrollerna intar scenen på Dramatiska teatern. Strålkastarna tänds, publiken håller andan och den stora stjärnan tar till orda: 'Att vara eller inte vara...' I stället träder många av dessa människor tillbaka till profillösa biroller, knappt mer än statister, och jag har svårt att skilja dem från varandra – som om allihop vore inget annat än ställföreträdare för hela mänskligheten, och den inte vore mer än en och samma människa, som om världen bara bestod av två figuranter: en jag och en du.

Fram till scenkanten träder tingen. Ett motspänstigt paraply här, en gräsligt knarrande säng där, ett dörrhandtag som ibland glappade, så att dörren till mina föräldrars sovrum inte gick att öppna. Jag var säker på att den skulle gå i baklås vid en eldsvåda och bränna dem inne. En polkagris som var så vacker, men vars omslagspapper bara inte gick att avlägsna från den – vilken pina det var! Jag pillade och pillade, sjok av papper fastnade under mina naglar men riktigt ren blev aldrig polkagrisen. Ett bilsäte som blivit brännande hett medan vi tillbringade några middagstimmar på stranden, en rostig morakniv som bara genom att dyka upp i sandlådan när jag grävde vägar för mina Dinkytoysbilar lärde mig rädsla. Samma effekt hade mammas extremt långbenta, blänkande sax. Ett par svartvita gymnastikskor som var de enda någorlunda hela skodon jag hade att ta på mig vid min första skoldans – underligt nog, när jag tänker efter, då mina föräldrar inte var särskilt fattiga.

Min pubertet gjorde entré med en kungsfjäder, ett träningsredskap för att utveckla armmuskler. Jag fick den av mamma på julafton när jag fyllde tretton och böjde flitigt på den många gånger samma kväll. Därefter hamnade den under min säng och samlade damm.

Resegrammofonen spelade också en betydande roll. Något år efter kungsfjädern fick jag äntligen flytta in familjens grammofon i mitt rum. Det var en bedrövlig tingest i bakelit med högtalaren i locket, underdelen var benvit och locket rött. Jag spelade de få singelskivor jag haft råd att köpa och fick ideligen tejpa fast sladdarna till högtalaren – deras svetsning hade lossnat och sådant visste jag ingenting om. Tejp fungerade, fast det hände att jag fick sitta och trycka med tummen på lagningarna för att det inte bara skulle spraka. Då jag var tvungen att göra så när någon tjej hälsade på hemma hos mig, rodnade jag tills kinderna såg ut som tomater. Flickorna var nog rätt nöjda med grammofonens brister, för det innebar att jag inte hade händerna fria till att treva på deras klädesplagg.

Dörren öppnas. Jag känner luften i rummet röras om en aning och mamma vänder sig hastigt, som om hon avslöjats i en neslig handling. Där står Jonas, hukande och ömklig, med sin svarta skinnjacka.

"Förlåt, jag visste inte att du var här", säger han. "Stör jag?"

Jag dyker.

Det är stort den här gången. Själva dykningen är exponentiellt studsande – först ner i det djupaste hål, och genast därefter, utan förnimmelsen av att slå i någon botten, uppåt i en svindlande fart. Det påminner faktiskt om känslan i mitt första samlag men också, med sin studs utan att först slå ner i något, om en komets bana runt solen.

Till skillnad från samlaget blir redan denna första och enda studs orgiastisk, och den ljuva explosionen kommer vid stigningen i stället för vid nedslaget. I likhet med kometens bana verkar jag accelerera i det närmaste oändligt i fallet för att efter vändningen retardera på det härligaste vis, och ändå hinna färdas en vidunderlig sträcka.

Mörker omger mig. Inte den sorts mörker som är avsaknaden av ljus, utan ett slags intet, ett töcken, en rökridå, likt en kamera ser suddigt medan objektivet letar efter skärpan.

Jag känner att jag är på väg i ilfart mot något tydligare, som ska vara förklarande. Denna känsla gör resan trygg, fast den är så hisnande. Jag kan vila i min resa, koppla av och känna förvissning.

Underligt nog blir inte vyn skarpare tecknad, fast jag förstår att jag anländer till min resas mål. Det låter fånigt, men jag måste likna det vid moln på himlen. Cumulusmoln, de bulliga, charmiga vita, som seglar lojt över en ljusblå sommarhimmel. Nu måste jag befinna mig mitt i dem, för någon blå himmel ser jag inte.

Nej, det är förstås inte moln, tack och lov – det hade ju varit närmast löjligt. Snarare är den här miljön tecknad med så vaga linjer som om allt hårt och skarpt hade exkluderats, som om varje fundament saknades. Här är lika otydligt och formbart som en idé i människans hjärna, en dröm som håller på att ta gestalt. Men inget tar gestalt, det kommer inte att bli tydligare, så mycket förstår jag.

Hur kan jag veta det? Ingen har berättat det för mig, inga ledtrådar gives. Det är så att jag helt enkelt känner igen mig, fast jag inte begriper riktigt hur. Jag har varit här förr, kanske är det till och med så att jag hör mera hemma här än på någon annan plats. Här i detta töcken.

Att jag ska finna mig så omedelbart tillrätta i något sådant! Jag som egentligen hatar ovisshet och allting diffust. Men min aversion har bara gällt i den värld där det konkreta hör hemma, en verklighet som i den här etern tycks mig allt orimligare och avlägsnare. I den här miljön skulle allt påtagligt och skarpt tecknat vara malplacerat.

Något skönjer jag ändå: rörelse – rytmisk, graciös, liksom dansant. Denna rörelse utförs inte av någon särskild, den är närvarande i sig, på något sätt impregnerad i själva etern. Jag deltar i rörelsen, lika behagfullt och initiativlöst som sädesfält böljar i en försiktig vind. Jag är förenad med rörelsen, fast det inte är min kropp som utför någon dans. Min kropp märker jag över huvud taget inte av. Den kanske finns där, kanske inte, men jag varken saknar eller frågar efter den.

Visst är det som ett rus, det hela, och det går att likna

vid sinnesstämningen i mitt första samlag. Ändå, där var det kroppen som skälvande skapade känslan och därför även blev ramverk för den. Här finns absolut inget ramverk, ingen bana som förnimmelsen måste följa eller retning som den måste reagera på. Det går så bra ändå.

Jag är nog stilla nu, har definitivt nått fram. Resan rinner av mig, fast den ägde rum alldeles nyss. Ja, allt rinner av mig. Vilken stilla fröjd!

Om jag har några läppar i något ansikte, vad vet jag, så borde de le aldrig så brett nu. Om jag har något hjärta i något bröst borde det klappa ystert och göra mig varm ända ut i fingertopparna, om jag har några. Jo, något slags kropp har jag, eller i alla fall en identitet. Den är nog det enda urskiljningsbara i detta ljuva töcken. Exakt vad det är för identitet och hur den gestaltar sig, det anar jag inte – undrar inte heller. Det faller mig inte ens in att sätta ett namn på mig själv, vad skulle jag med det till här?

Just som jag blir varse att jag faktiskt kan urskilja mig själv i den här världen av dis, förstår jag också att jag inte är ensam, verkligen inte. Sannerligen inte någonsin. Det är inte så att jag därför plötsligt känner lycka. Nej, en ridå går upp och jag begriper att jag alltid varit så lycklig, det är det naturliga tillståndet. Som när man hållit sin hand hårt knuten och öppnar den – självklart, utan ansträngning. Jag dröjer med att närma mig den eller de identiteter som jag varseblir omkring mig, vet inte riktigt om det är en eller många, eller om det gör någon skillnad.

Här är en tröskel, ett avgörande ögonblick. Människor finns till genom att spegla varandra. Det är nödvändigt, oomtvistligt. I sig själv har man ingen substans och kan inget göra, men så fort ett möte äger rum blir båda parter bekräftade av varandra, och allt blir till. Ett ödesdigert ögonblick. Oåterkalleligt. Det är klart att jag tvekar.

*

Jag vet precis vad som drog mig tillbaka. Ett endaste fjät från vad som måste ha varit min bortgång hejdades jag med ett ryck, som om jag kört bil in i en bergvägg, och återvände med en plågsamt ansträngande rörelse till min lama kropp på sjukhusbädden. Obehaget var inte olikt huttrandet när man efter en simtur i högsommarvarmt badvatten tar sig upp på torra land och kall luft vispar bort vätan från huden.

Men jag måste se deras möte – ja, ännu ett ödesmättat möte – här på mitt yttersta. Min mor och min son, de utgör sådana storheter för mig som sol och måne för jordklotet. Vad för magi ska äga rum vid deras möte?

Visst har de träffats förr, hur många gånger som helst, men det betyder ingenting nu. De har nog mest bara passerat varandra, stött ihop då och då, även utväxlat vissa små förtroenden. Nu är det allvar, här är de öppnade. Jag får hastigt för mig att om de verkligen tar kontakt, om de omfamnar varandra helhjärtat och hårt, då ska de smälta samman i en fusion och bilda... mig.

Visst måste det vara så – de är var sin självständig halva av mig, som mannens och kvinnans könskromosomer innan de förenas likt ett blixtlås och bildar en ny varelse. Dessa två kompletterande halvor är dock ej genetikens, utan tidens: förflutet och framtida, närmare bestämt mitt förflutna och min framtid. Ska jag få se dem offras i ett brinnande famntag och mig själv återskapas ur deras aska, som en fågel Fenix, sådan den nu vore? Det är inte omöjligt.

"Nej, snälla Jonas, du stör inte", säger mamma med ett ömsint eftertryck, som gör hennes stämma dov men vackert klingande. "Hur kan du tro det?"

Hon sträcker ut armarna och Jonas kliver mot henne. Redan? Jag vakar förväntansfullt över deras närmande. Ska de genast smälta samman och göra verklighet av min teori?

Nej, Jonas hejdar sig, så omisskännligt likt honom, och låter endast sina händer fångas av min mor. Kroppen håller han på sina utsträckta armars avstånd från henne. Anar han vad som kan ske och aktar sig? Vad tar du dig till, Jonas, ska du stå i vägen för underverket! Är din kärlek till din far inte större än så?

"Jag tänkte att du kanske ville vara ifred med honom", säger Jonas blygt och vänder ansiktet åt sidan, som om han råkat stövla in till ett älskande par.

Både mamma och jag hör hur tydligt som helst att Jonas beskriver vad han tänkt sig för egen del. Han hade hoppats på en ensam stund med mig, i all hemlighet.

Det far genom mammas huvud, förnimmer jag, att hon kanske skulle ta farväl och lämna Jonas åt en sådan andaktsstund, som han uppenbarligen hade ställt in sig på. Men så skakar hon tanken av sig. Hon kan förstås inte motstå att känna honom på pulsen, under förevändning av att värna om hans själ.

"Inte alls", säger hon. "Du är så välkommen. Och vem har större rätt än du att hälsa på här?"

"Du är ju hans mor."

Jonas förstår inte att hon bara använder orden för att vifta undan hans betänklighet. Han tar dem på allvar och grunnar verkligen på frågeställningen. Ett sådant slöseri på tid! Begriper han inte att jag närmar mig slutet med snabba kliv nu? Ja, det var nära att han kommit bara några sekunder för sent.

"Det var länge sedan det spelade någon roll alls", konstaterar mamma krasst och ändå muntert. "Jag tror att jag förlorade rätten till honom långt innan han blev myndig, i själva verket. Nu är alla mina länkar till honom bara minnen."

"Men det är ju samma sak för mig! Det är flera år sedan vi bodde ihop, pappa och jag. Är inte det samma sak?"

Mamma besvarar honom med tystnad. I stället drar hon Jonas sakta framåt med greppet om hans händer, ända fram till min säng. Hon håller noga uppsikt över hans ansiktsuttryck, som är behärskat men inte kan dölja den panik som växer ju närmare mig han kommer. Han möter hennes blick, vidögd, med huvudet lutande en aning bakåt. Det är knappast så att han vill möta sin farmors skarpa blick, men hellre det än att titta på mig.

Det är en hel del panik i honom nu. Bröstkorgen börjar knyta sig i kramp, saliv bildas i hans mun och han kan varken spotta ut eller svälja. Mamma ser det och hon vill det, oklart varför. Nu vänder hon tydligt sin blick mot mig och tvingar därmed Jonas att göra detsamma. Hon håller fortfarande i hans båda händer, klämmer dem hårt.

Ett svagt gnyende ljud undslipper Jonas. Han håller munnen stängd men det hörs tydligt ändå. Här är så tyst i rummet, bara ett avlägset susande i ventilationsanläggningen och oregelbundna knäppanden från lysrörsarmaturen. Så här stirrig var han inte sist. Blir min annalkande död allt svårare för honom att härda ut?

Möjligen, men det är inte förklaringen. Mammas närvaro ställer till det. Vem som helst som stod vittne vid hans möte med mig skulle göra det hela komplicerat för honom – att det är farmor, den barska och sturska, gör det etter värre.

Jag kan förstå det – hur ska en stackars gosse kunna slappna av och försöka vara sig själv, inför en så skarpsynt iakttagare? Mamma är minst lika självsäker och överlägsen som Jonas vid förra besöket anklagade mig för att ha varit under hans uppväxt. Han måste känna det som att befinna sig i korseld nu, även om den ena kanonen är ur funktion.

"Vad tror du?" undrar mamma, nu med en behärskad och tystlåten röst som inte är kännetecknande för henne. Trots att frågan är diffus behöver hon inte vänta länge på svaret.

"Han dör", spottar Jonas ur sig. Hans blick har fastnat på mig och hela hans kropp förstenats.

"Det är ju inte helt säkert, fortfarande kan något hända."

Jag vet med en gång att hon inte skulle ha sagt så, att sådana trösteord bara svider i honom.

"Snälla, gör inte så!" Orden är anklagande, men Jonas framför dem så ömkligt att de blir blott och bart en bön. "Det är vad alla andra håller på med – de försöker bara prata bort det."

Mamma hämtar sig omedelbart från den första förvåningen och trycker hans händer ännu fastare.

"Du har rätt", säger hon. "Så kan vi inte hålla på."

"Det är precis som med tjugohundra", mumlar Jonas med bitterheten i behåll.

Nu tappar mamma fattningen igen och har denna gång svårare att ordna upp sitt ansiktsuttryck. Hon tittar snopet på Jonas. Det ser så lustigt ut att jag absolut skulle ha skrattat högt, om min kropp vore förmögen till det.

"De har ju bestämt sig för att det heter tjugohundra, och inte tvåtusen. Tala om att förstöra! Tänk, vi fick vara med om inträdet av ett nytt millennium – och så sitter byråkrater och akademiker och gör allt för att ta ner upplevelsen. Tjugohundra! Det är som om de inte ville unna oss att fira ordentligt – ett nytt århundrade, men inte ett nytt millennium. De kunde ju åtminstone ha gått med på att just det året skulle få heta tvåtusen – med buller och bång – och sedan kunde de följande åren få heta vad fan som helst. Hur kan de vara så torra, så trista? Så illvilliga! Inte undra på allt elände i världen."

Först tänkte mamma hejda honom med någon snusförnuftig kommentar, kanske rentav fråga honom vad detta kunde ha med mig att göra, men så hejdade hon sig. Jonas talar plötsligt fort och välartikulerat, som vid en föreläsning. Orden springer ur honom, men blicken är densamma – klistrad vid min livlösa kropp – och han står alltjämt som förstenad. Det här är något underligt sätt att försöka bryta sig ur krampen. Jonas pladdrar för att försöka slappna av. Det verkar inte fungera särskilt bra.

"Visst är det jämt samma sak! När pappa hamnade här började de med en gång tjata om hur bra allt var, hur ingen skulle oroa sig, hur han säkert skulle skutta upp ur sängen, pigg som en mört redan nästa dag. Så sa de i dagar – och jag trodde på dem, ville tro... Därför kom jag inte ens på besök i början. Varför skulle jag det, tänkte jag, om det inte var stort mer än en rutinkontroll? Om det här inte hade dragit ut på tiden, då hade pappa dött utan att jag fått se honom! Jag skulle bara ha nickat och trott på dem, och så hade de sedan kommit och sagt: 'Tyvärr, vi hade fel – han dog i natt, det gick inte att rädda honom.' Och de skulle ändå ha trott att de bara hade hjälpt mig, skyddat mig från det obehagliga. 'Han dog smärtfritt', skulle de säkert också ha sagt. 'I sömnen.' Och så skulle de säga att han såg så fridfull ut. Det är inte vad jag vill höra!"

Mamma lyssnar bara med ett halvt öra på hans ord. I stället koncentrerar hon sig på hur han kan må, lyssnar kanske efter signaler på ett näraliggande utbrott, eller sammanbrott eller spasmer – hon har ingen aning om vad som kan komma. Ena handen lossnar från greppet om Jonas labb och lägger sig runt hans nacke. Hon är beredd att suga tag i honom om han skulle svimma eller hålla fast honom om han får något slags anfall. Hennes agerande påminner om en poliskonstapels vaksamma närmande till en svärande och oregerlig fyllerist.

"Jag firade!" säger han bestämt, och knyter ihop käkmusklerna hårdare. "För mig var det tvåtusen, och jag tog i ordentligt! Men med pappa – det stämmer inte, går inte ihop. Han har liksom vänt på det. Det borde ju vara jag som lämnar honom, inte tvärtom. Det skulle vara jag som sa hej då och försvann längre och längre bort, och han som skrumpnade ihop bit för bit. Han har vänt på det."

"Jag kan säga detsamma", mumlar mamma och ser på mig med ett nytt stänk av klander i blicken. Jonas hör henne inte.

"Varför gör han på det här sättet?" Jonas slår ut med den hand som mamma släppt greppet om. Minsann börjar hans förlamning lossna, svadan fungerar. Men ännu är tonen alltför spänd, krisen är inte över. "Varför sitter han fast så här, mitt emellan? Han dog inte bara knall och fall. Han hänger kvar, det finns tid – men nu är han omöjlig att nå. Det är som att komma fram till pendeltåget just när dörrarna har stängts. Tåget har inte startat, det står där med dörrarna stängda, rör sig inte. Hur kan han tro att vi ska stå ut! Inte jag. Jag måste få kontakt med honom, måste försöka så länge han är kvar. Det vore mycket lättare om han bara hade dött knall och fall."

"Det kan han inte göra något åt, Jonas. Annars skulle han säkert ha..." Mamma hejdar sig mitt i meningen. Tja, hur skulle hon ha kunnat avsluta den?

"Jag vet", säger Jonas kvickt och liksom förstrött. Nu mjuknar han äntligen. Utan att själv märka det lutar han sig mot mamma, tar stöd mot henne – dock inte med hela kroppsvikten. Det är bara en antydan. Skinnjackan frasar lite när han ändrar kroppsställning. "Det är inte hans fel. Ingens fel."

Det är nog mammas stöd som ger honom kraft till att försiktigt sträcka sig emot mig, sänka sin hand mot täcket och lägga den ovanpå min arm.

Det är första gången han rör vid mig. Täcket är visserligen mellan oss, men jag känner hans närhet, som elektrostatiska urladdningar. Smygande likt ett kattdjur trevar sig handen nedför min arm till min hand och griper om den, så gott det går genom täcket. Hans grepp är ytterst vaksamt, återhållet, men inte svagt. Kanske är det lite som när smågrabbar hetsar varandra till att våga röra en död råtta i rabatten vid husväggen. Han menar ändå något med det och är inte alls äcklad – det skulle definitivt ha känts annorlunda. Och jag kan inte ens vicka en fingertopp till svar. Hur kan han tro sig vara ensam i våndan?

"Det är bra, Jonas", viskar mamma uppmuntrande, men för döva öron.

Jonas ögon är så pass fuktiga att tårar måste komma. Som det glänser. Jag blir bländad ända in i själen. Den där vätan i hans ögon är pris på mitt huvud, ett högt pris. Jag känner stolthet, mitt sanna värde. Trots att jag visste det, hur väl som helst, och trots att jag kan peka ut mer än en handfull människor som har innerliga känslor för mig, är en enda tår nedför hans kind beviset som jag verkligen har törstat efter. Jag tror att den kommer nu, är det inte så? Jag har väntat länge på den, sådär en livstid.

"Så ja", mumlar mamma tröstande, låter båda sina händer omfamna hans huvud och trycker det till sig.

Fortfarande är han blind för mamma, och ändå är det från henne han hämtar det lilla ytterligare uns av kraft han behöver.

"Om det bara hade gått för sig med en enda fråga, åtminstone", säger Jonas och tittar rakt in i mitt ansikte utan vämjelse eller fruktan, med den klaraste blick från glansiga ögon. Kan han då inte se att jag är här, helt och fullt! "Jag skulle vilja fråga honom: har han verkligen fått nog? Är han nöjd nu?"

Jaså, han minns det. Jag och min stora käft.

*

Jag minns för tusende gången hur skrämd jag blev när Jonas första gången förde döden på tal med mig. Han var bara tio år, så jag trodde att min förfäran kom sig uteslutande av att upptäcka hur stora frågor en så liten pojke behövde brottas med. Och visst var det tragiskt, kanske rentav skrämmande – men det var inte den verkliga anledningen till min plötsliga rädsla.

"Pappa..." sa han dröjande när vi var ensamma i vardagsrummet och ingen annan i familjen verkade vara på ingång.

Jag tror att de hade gått och handlat, såväl hans mor som tvillingarna. Själv satt jag ordentligt nedsjunken i soffan och tog klunkar ur ett stort glas med sangria. Det var mitt i sommaren, hett utomhus och kvalmigt inne. Jag bläddrade likgiltigt i en bok som jag hade försökt läsa några sidor i, men inte fastnat. Det var lördag och jag hade bestämt mig för att inte göra något nyttigt alls hela denna helg. Eftersom det var mitt på eftermiddagen och såväl vädret som stämningen dröp av sorglös lättja, var jag inte ett dugg förberedd på allvaret min son strax skulle införa i vårt ljusa, nystädade vardagsrum. Det var också märkligt att han valde ett så fridsamt ögonblick, i stället för till exempel en mörk höstkväll när åskan dånade och blixtar korsade himlen utanför fönstret. Han gjorde nog alldeles rätt, men mig knuffade det ur fattningen.

"Pappa... varför dör man?"

Jag ryckte till och vände hastigt blicken mot honom. Varje ord hade han betonat så att allvaret var uppenbart och svårmodet tydligt.

Jonas tittade ner, så jag kunde betrakta honom utan att behöva dölja det bakom något påklistrat faderligt leende. Han var samlad, satt och klämde sina händer mellan knäna där i fåtöljen på andra sidan soffbordet. Fåtöljen var stor som ett hus omkring honom och det var bara genom att sträcka vristerna som han kunde få tårna att nå golvet. Trots solbrännan – han hade sprungit omkring hur många dagar som helst på stranden – såg han blek ut. Och trots värmen kunde jag få för mig att han satt och huttrade en aning.

Över den lilla gestalten vilade ändå ett lugn, som i motsats till såväl fåtöljens som ämnets storlek gjorde intryck. Så små figurer borde knappast orka ta så stora, tunga ord i sin mun, tyckte jag. Proportionerna var galna. Handflatorna, som pressades ihop av hans knän, var för veka att ens trycka upp en kärvande bildörr inifrån, halsen var så smal att den bara periodvis orkade hålla huvudet högt, och visst måste de där två öronen vara för små för ord om livet, döden och evigheten att tränga in i. Vad skulle jag säga?

"För att man är nöjd."

Jag försökte göra min röst så trygg och säker att han skulle kunna ta orden till sig som en besvärjelse, en troll-

formel som skulle stöta undan döden från hans tankevärld
– gärna allt annat grymt samtidigt. Jag trodde att jag åtminstone delvis lyckades, för stunden.

Men skräcken for över mig. Jag hade inte kunnat hålla döden ifrån min lille parvel, som annars var helt i händerna på sina föräldrars presentation av verkligheten. Vi hade sannerligen inte bjudit in några sådana monster i den, så varifrån hade detta onda väsen kommit och stuckit upp sin kusliga nuna? Var fanns sprickan i vårt pansar, som döden lyckats upptäcka och slinka in genom? När min lille son redan i tioårsåldern hade upptäckt den allom ofrånkomliga dödligheten, hur skulle jag då längre kunna förneka den?

Jag var sådär trettiofem år och insåg ögonblickligen att jag hållit döden på avstånd – inte alls för min sons trygghets skull, utan för min egen. Det var jag som knipit ihop ögonen och vänt dövörat till. Tänk att det hade fungerat så länge.

Visst hade jag i barndom och ungdom då och då tacklat detta ämne och gripits av det, spetsats som masken på en krok och krumbuktat mig lika mycket. Ändå hade jag i tjugoåren på något sätt lyckats förtränga alltihop – kanske samtidigt med att jag började föröka mig.

Redan innan dess hade jag vaggat in mig själv i någon form av lögn, som nog mest kunde liknas vid hybris. Utan att utreda det ytterligare hade jag i en vrå av huvudet på något vis lyckats bestämma mig för att döden gällde andra människor. För mig skulle säkert en utväg dyka upp när det var dags. Jag skulle klara mig, mirakulöst eller bara som en självklar konsekvens av någon personlig omständighet som jag i och för sig ännu inte hade reda på. Det skulle ordna sig.

Så dum var inte min son. Därmed klöv han sin pappas sköld och gav mig dessutom ett sår i skallen som inte ville läkas. Ja, på sätt och vis var det just han, som genom att sarga mig där i det sommarsoldränkta vardagsrummet hade gjort mig dödlig.

För att vara en avrättning var ändå scenen charmerande. När jag genom mitt låtsat tvärsäkra yttrande hade lyckats mildra min sons oro och skyla min egen skräck, fick han kravla ner från fåtöljen och klättra upp i mitt knä. Jag tryckte honom hårt till mig, som om jag ville klämma livet ur kroppen på honom och sluka det för egen del. Han kände det inte alls så. Jonas besvarade min kram och gnuggade sig djupt in i min famn.

"Det kommer att dröja innan jag är nöjd, pappa. Jättelänge!"

"Ja då", sa jag med samma trygga tonfall i behåll, samtidigt som jag inuti mitt huvud upprepade hans ord. Jättelänge.

Var hans kropp het av feber eller av för många timmar i solen? Var det kanske min kropp? Eftersom jag märkte att jag behövde hans kram lika mycket som han behövde min, önskade jag att jag hade förmått stöta honom ifrån mig.

Vi blev nog sittande sådär en god stund. Ibland lyfte jag mitt glas och smuttade lite på sangrian, mest för att hålla skenet uppe av att vara säker på min sak. Jag tror verkligen att det är våra barn som tar livet av oss, på flera olika sätt och i flera hårda slag. Ändå är det ett dråp vi inbjuder till – ja, välkomnar. Ändå är det ett dråp.

*

Jag var nog i ganska dålig form ett tag, men det är bättre nu, det klarnar. Vi bildar en fager scen. Utan några estetiska ambitioner har vi råkat arrangera oss precis som en tavla. Själv har jag ju inte rört mig ett dugg, men nog är jag en central punkt i motivet.

Där står mamma högrest och ganska pompös bakom min son, som sitter på sängkanten och håller min hand, och här ligger jag utsträckt. Vore bara belysningen lite mer sofistikerad skulle det se ut som en italiensk renässansmålning med något högtidligt religiöst motiv. Tripp trapp trull.

Stående, sittande och liggande, ett slags treenighet, skulle man kunna säga, eller Anna själv tredje, det klassiska motivet med Jesusbarnet, jungfrumodern Maria och så hennes mor Anna. Kanske är det ärligen i ett tillstånd som detta jag kommer närmast att likna Jesus – när jag inte kan ställa till med något.

Förhållandena i vår komposition stämmer även på ett annat plan: ömhet och omsorg rinner från den högsta punkten till den lägsta, som vatten. Min mor stänker det på min son, som stänker det på mig. Där tar det stopp, jag stänker ingenting på någon alls.

Inte lyckas jag väl heller ta så mycket till mig. Det rinner mest av mig, som vatten på en gås, i stället för att sugas upp som av blöjor och tamponger i tevereklamen. Men jag uppskattar verkligen scenen – mammas breda kroppshydda och tydligt energiska axlar, min sons framåtböjda huvud som lämnar nacken blottad och lika sårbar som en dödsdömds på stupstocken. Skinnjackan frasar lite grann när han försiktigt kramar min hand genom täcket. Och här är jag, den tynande, med stripigt hår och en ordentlig skäggstubb. Det ser ut som om jag sover – men så fridfullt, uppenbarligen utan att drömma. Ansiktet är slätt, knappt några rynkor syns fast jag vet att där finns många. Det kan förstås vara ljuset som raderar alla skuggor.

Men – hur kan jag se det här?

Just som jag tänker tanken är mitt synfält åter det vanliga, från bädden och upp. Hade jag blinkat? Det skedde så omedelbart att jag inte alls är säker på vad jag dessförinnan såg. Kanske var det bara en dagdröm, en inbillning. Hur skulle jag annars ha kunnat se mig själv och de andra ovanifrån, som om jag suttit och kurat i taket ungefär en meter till vänster om dörren? Jag kan peka ut den exakta platsen.

Även efter det märkliga perspektivskiftet är scenen densamma, med mammas händer vilande mot min sons axlar och hans händer i ett både stadigt och försiktigt grepp om min. Nu är deras ansikten i mitt blickfång, och det gör inte tavlan mindre skön. Mamma betraktar Jonas med vaksam blick, redo att agera så snart hon får signaler som uppmanar till det. Hon vilar inte alls i sin ställning, utan är som ett lejon berett till språng. Jonas sjunker ihop alltmer, han har nog gråtit – missade jag det? Nu ser han alldeles tom ut, som efter en älskogsnatt med flera utlösningar. Tömd, urlakad.

Stjäl jag kanske energi genom hans händers grepp? Jag hoppas att det inte är så, för han ser ut att behöva varje uns av kraft för egen del. Jag kan hur som helst inte göra något åt det. Kanske borde han släppa mig, för sin egen hälsas skull.

Just då öppnar han sina händer med ett ryck och tappar kontakten. Hörde han min varning? Det syns att han inte begriper varför. Mamma är genast där, böjer rygg och låter sina händer glida ner en bit över Jonas bröst, så att hon kan omfamna honom. Det ser nästan ut som om hon vill låsa hans armar, som man gör med en bråkstake på ett danshak.

"Det är som det är", säger hon.

Jonas bara hummar till svar. Det låter som en enkel bekräftelse, varken dyster eller beslutsam, bara ett ljud i brist på ord.

"Vi måste vänja oss vid tanken. Vi får helt enkelt hjälpas åt med det. Inget annat att göra, Jonas. Det förstår du väl?"

Han hummar igen, den här gången samtidigt med ett stilla nickande. Med en närmast nyfiken min i ansiktet sänker han försiktigt sin hand och trycker ett utsträckt pekfinger mot täcket – inte där min hand befinner sig, utan något högre upp, på underarmen. Han håller fingertoppen där några sekunder och lyfter den sedan, liksom smakande.

Mamma verkar inte lägga märke till det, men jag är säker på att han prövar min teori. Kände du kraft läcka ut genom fingret, Jonas? Kan man dela med sig av själva sin livsenergi och i så fall göra slut på den?

"Det är dags att vi säger som det är till varandra", mumlar mamma, men Jonas lyssnar inte så noga på henne. "Han kommer nog inte tillbaka. Länge trodde jag det, så länge jag bara kunde. Men det går inte mer. Visst ser du det också? Det är som om han inte längre är kvar i sin kropp, som om han slunkit ur den och befinner sig någon helt annanstans. Bara skalet är kvar."

Hur fel hon har! Ser de inte, känner de inte? Nog måste de på något sätt förnimma – de reagerar ju så ofta på mina känslor och tankar. Anar de verkligen inte hur det hänger ihop? Jag blir trött på alltihop.

Det här är enformigt. Om det vore en filmvisning skulle jag bua och sedan resa mig upp och gå. Har vi inget bättre för oss? Tålamod har aldrig varit min främsta egenskap men jag tycker att jag visat prov på det riktigt länge nu, längre än någon kan begära. Nu är det dags att bryta upp och gå vidare. Släpp mig! Det kryper i Jonas också. Mamma kramar honom lite hårdare.

Jag tycker att ni ska gå nu. Vi möts ju ändå bara som på en perrong, på väg till tåg med olika destinationer. Dags att kliva in i respektive kupé och vinka till varandra genom fönstren medan tågen sätts i rullning, så får vi det överstökat. Det finns en gräns för hur man kan dra ut på avsked, eller hur? Förstår ni vad jag vill ha sagt? Gå er väg!

Märkligt att sömnen fortsätter att vara en frizon. Jag sover som en stock och då är alla bekymmer bortblåsta. Jag har inga mardrömmar – inga drömmar alls, vad jag har upptäckt, utom möjligen korta scener, liksom vyer. De är allihop angenäma, små glimtar av ett fridfullt landskap, men de är som sagt också minimala, försvinnande.

Jag har blivit väckt av en påträngande närhet, något varmt och stort som kommit innanför min sfär. Inget hot, så kändes det inte ens i det första yra uppvaknandet, men ändå tillräckligt påträngande för att väcka mig. Något som pulserar av värme, något levande.

Det är Jonas. Han har lagt sig ner bredvid mig på sängen. Att han vågade! Det är inte särskilt gott om plats, så jag misstänker att han är en hårsmån från att trilla i golvet. Han ligger på sidan och trycker sig mot mig så gott det går – inte hårt nog för att det skulle kunna klämma eller skada min bräckliga kropp, men inte heller så försiktigt att kontakten glappar. Detta trodde jag aldrig att han skulle våga.

Jag antar att inget vårdbiträde haft vägarna förbi, för då skulle han väl åka ut med huvudet före.

Jag undrar inte ett enda ögonblick vad han har för sig. Jag vet. Jonas har tänkt på upplevelsen när han tryckte sina händer mot min hand, värmen som passerade från hans kropp in i min, känslan av att dela med sig av sin livskraft. Ja, han ligger där för att bota mig, för att min tynande kropp ska suga åt sig hans energi och komma till nytt liv.

Han har inte legat där länge, förstår jag, men det har redan hunnit matta honom avsevärt. Precis vad han avsåg äger nu rum. Min kropp suger girigt åt sig av hans värme, tvärs igenom klädesplaggen – till och med skinnjackan, som han fortfarande har på sig – genom täcke och lakan. Han trycker sin framsida mot mig och det hettar i en pulserande, liksom dränerande process. Ryggsidan måste kallna av detta. Han torde frysa och darrar nog en aning, skälver till då och då – men han har inga planer på att retirera. Tvärtom, han känner framgången och den sporrar honom. Men känner han inte priset?

Om det fungerar, Jonas – förstår du till vilket pris? Jag är dubbelt så gammal som du och ligger en hårsmån från döden. Att renovera mig med din unga, bräckliga livskraft är som att fylla världsrymden med luft i en enda utandning, att knuffa igång en buss med motorstopp genom att ställa sig bakom den och trycka på, att avbryta vintern genom att rulla sig i snön för att få den att smälta. Du kommer förstås att stupa. Din värme far in i ett gigantiskt mörker, där den mäktar föga.

Jag känner hur lystet detta mörker ändå drar till sig värmen, som om det fick chansen till ett tidernas gruvligaste brott utan straffpåföljd. Du har öppnat dörrar som alltid varit låsta. Det här är så otänkbart, så förbjudet, att ingen naturkraft har kommit på att göra det omöjligt.

Ja, Jonas, det skulle faktiskt kunna fungera. Jag känner – visserligen än så länge ytterst minimalt – att min kropp håller på att vinna spänst. Det är som om den blir kompaktare, återfår en stadga som på sistone lösts upp inifrån. Men det kan bara fullbordas om vi helt och fullt byter liv, så att jag reser mig från den här sängen och du för alltid blir kvar i den. Är det inte vad jag vid något tillfälle har önskat mig?

Det går inte för sig, förstår du väl! Så gör man bara inte. Jag ska inte hyckla och påstå att jag inte längtar efter det, eller att det inte är rent svindlande behagligt att känna hur det håller på att ske, men det ändrar inte saken: du begår ett misstag, en vansinnig dumhet. Hur skönt det än är kan vi inte gå med på det.

Men hur ska jag sätta stopp? Själv är Jonas så matt att han inte skulle kunna hejda sig om han så ville, och jag förnimmer tydligt att han inte har ringaste tanke på det. Han ligger där inpå mig och kroppen liksom säckar ihop inifrån, blir mjukare, sjunker djupare ner i madrassen och trycker tätare mot min sida. Livet går sakta ur honom och har redan berövat honom all rörelseförmåga. Andningen är trött, andetagen korta. Jag kan känna hans hjärta bulta ganska hastigt, men svagt som om det inte vore större än en katts. Närheten och flödet mellan oss gör också att jag förnimmer hans tankar och känslor, lika tydligt som om de vore mina egna – till och med så att jag ibland inte är klar över skillnaden.

Jag märker till min förvåning att det han upplever inte är långt ifrån mina dykningar. Samma yrsel, samma uppgående i ett större perspektiv, samma stegrande lätthet och självklarhet. Han känner förstås ångest också – en bävan för vad han satt igång och en komplicerad, vilsen undran inom sig själv över varför. Han vet det faktiskt inte. Här ligger han och bjuder ut sitt liv, som om det inte vore mer än en grönsak på ett torgstånd, och vet inte ens vad som fått honom till det!

Förmodligen inget annat än den uppfordrande upptäckten att det kan vara möjligt att genomföra, i viss mån kanske också för att bedra mig möjligheten att vara den av oss som säger farväl. I alla fall bävar han för att det ska vara långt smärtsammare för den som blir kvar än för den som lämnar jordelivet. Någonstans inom sig själv när han också hoppet att den vidunderliga självuppoffringen i hans handling ska framkalla ett mirakel, så att både jag och han reser oss ur sängen. Så borde kanske världen vara beskaffad men det räknar inte jag med.

Nej, han riskerar att överleva blott i egenskap av en stor svart fläck på mitt samvete. Det går inte an. Fast hans värme gör mig mer gott än något förnämligt franskt rödvin någonsin gjort, måste jag försöka blockera flödet, slå igen portarna mellan oss så att hans kraft inte kan göra annat än återgå till honom. Jag måste vägra att ta till mig.

Men nu förhåller det sig så att jag inte alls är säker på att vara ensam mottagare av min sons livssafter. Det är kanske inte ens jag som suger dem i mig. Där finns något som är större än jag ens i mina bästa stunder tror mig själv om, något svartare än till och med de vidrigaste hemligheterna i min själs djup. En utomstående kraft har lagt sig i, ett tredje väsen – av en helt annan sort än jag och min son. När Jonas lade sig bredvid mig, beredd att betala det högsta priset som finns för att vända ödet upp och ner, då hamnade han i detta mörka väsens våld. Jag är bara ett medium, ett verktyg.

Så är det. Jonas håller på att ge bort sitt liv till någon helt annan än sin döende far.

Det är besynnerligt att jag inte har fångats på samma sätt som Jonas, att jag inte oskadliggjorts. Kan det vara så att jag redan från början var ytterligt hjälplös? Det känns faktiskt inte så – och medan jag gör den upptäckten och börjar spåra dess konsekvenser förvånar det mig att inte ens nu blir monstret varse faran och vänder sin illvilja mot mig. Är den mörka varelsen trots allt hjälplös mot mig? Står det mig fritt att agera likt en av Olympens nyckfulla gudar, som det behagar mig? Jag måste erkänna: möjligheten får mig att tveka. Om det kan vara så lätt för mig att hejda processen, har jag då verkligen, ärligen lust?

Aha, där är fällan! Den mörka varelsen förlitar sig på mitt eget begär. Ja, nu känner jag hur den rycker till, oroligt. Den är avslöjad. Nu är det fara å färde, eller hur? Först nu. Samtidigt vaknar tyvärr mitt begär. Det slår ut med full kraft, likt körsbärsblom på träden, doftande, strålande av färg. Nu har jag plötsligt ett val: att låta ödet ha sin gång, som är allt jag hittills haft i utsikt, eller att återvinna styrkan – mot ett stort offer.

Så mycket för det fria valet – villkoren är alltid bedövande. Frestelserna är många, det måste erkännas. Fast jag känner att min son förtvinar bredvid mig – till och med håller nu värmen som pulserar från honom och in i mig på att svalna – dröjer det en god stund innan jag faller till föga för det krassaste av argument: strikt matematik. Jag är femtio och han tjugofem. Även om jag skulle vilja berömma mig om att leva fullare och ståtligare än han verkar göra eller ens har i utsikt att sedermera förmå, väger det knappast upp den stora åldersskillnaden. Jag ser det praktiskt taget som man gör med ekonomiska investeringar – vilken av dem varar längst?

Ändå vill jag vänta med ett avgörande. Jag kan inte förmå mig till att släppa taget.

Den mörka varelsen växer i samma takt som min son domnar, faktiskt i ännu högre takt, märker jag. Nu är det bråttom. Och jag smakar och smakar på det sköna flödet. Fast det nu är betydligt svagare smakar det ännu mycket bättre. Det kittlar mig från fotsulor till hårfäste, från hjärteroten till pannloben. Vilken brygd! Skulle någon människa kunna mobilisera tillräckligt mycket heder i sin kropp för att avbryta detta?

Tiden är snart ute. Jag vill dra alltihop i mig med en enda inandning – såväl varje uns av hans livskraft som hela hans kropp, den med. Skinnjackan också, om det så ska vara. Jag vill ha.

Där stöter jag till med en plötslig, kraftig utandning, en pust som får min kropp att konvulsiviskt rycka till. Det kunde ingen tro att jag var förmögen. Inte jag heller. Var fick jag den nobla reflexen ifrån? Jonas ligger så tätt tryckt mot mig att stöten får hans kropp att rulla åt sidan – över sängkanten och ner på golvet med en skräll.

Genast tränger kylan inpå mig. Jag tror att jag sjunker rakt ner genom sängen.

# 14

Det böljar. Förnimmelsen är inte ny, jag kände precis detsamma första gången jag provlåg i en vattensäng. Den var minst lika bred som lång och alldeles odämpad. Fast jag lagt mig tillrätta fortsatte den att bölja och bölja, så att min kropp på det underligaste vis vreds omkring ovanpå den. Obehagligt var det inte, men på något svårtolkat sätt alarmerande – kanske bara ett uttryck för paradoxen i att känna vattnets natur utan att få en enda droppe på sig.

En bisarr uppfinning, vattensängen. Vi skrattade gott åt det en stund, min fru och jag där på möbelvaruhuset, men reste oss efter någon minut och behövde inte växla ett enda ord för att vara ense om att det inte var något för oss. Jag tror att vi bedrog oss själva ett glädjeämne, och det i viss mån för att just det lustfyllda i upplevelsen gjorde oss generade.

Böljandet påminner också om att sitta i en eka på stillsamt vatten, där det enda som krusar vattenytan är årornas stilla plaskande och båtens för som borrar sig fram.

Jag minns den första roddturen då jag betroddes med att sköta årorna. Det var inte pappa som visade mig sådan tillit, utan en magister på sommarkolonin. Pappa hade nog tagit mig på en och annan roddtur tidigare – det tror jag i alla fall – men det hade aldrig varit tal om att låta mig ta ett nappatag med årorna.

Magistern hette Rolf och var en frejdig själ – så munter och kärvänlig att jag några år senare omtolkade det som ett otillständigt intresse.

Sjöns blanka vattenyta speglade himlen liksom narcissistiskt, båten gungade åt sidorna och rörde sig inte framåt det minsta. Rolf hade hejdat årorna och vinklat dem brant uppåt. Vattnet dröp om dem och Rolf fäste en finurlig blick på mig. Han såg mig undra över varför vi stannade, bara tiotalet meter ut från land, och väntade på min slutsats. Det kalla vattnet rann längs med årorna ner till hans grepp. Själv satt jag vid aktern med ena handen lojt nedstucken några centimeter i vattnet, så jag visste hur isande kyligt det var.

Jag krökte mina ögonbryn i ett undrande uttryck och lät blicken hoppa mellan hans ansikte och hans händers grepp om årorna, som för att med enbart blicken knuffa igång rodden igen. Då frågade Rolf:

"Vill du ta över?"

En bagatell, hur man än ser på det, men för mig var ögonblicket storslaget. Det var som om jag bjudits att axla styret över hela kungariket. När vi skulle byta plats kom båten i allvarsam gungning, så att vatten stänkte in över relingen och årorna vred sig gnisslande i sina tullar. Mitt hjärta slog hårt, det vore väl försmädligt om båten skulle välta just då, inför ett sådant äventyr!

Tillvaron har sina ironier för sig. Det visar sig i de perspektiv som minnet ger de enklaste, billigaste, minst epokgörande händelserna i livet – dessa gör de starkaste intrycken. Även om de inte gör så mycket väsen av sig när de äger rum, är det sådana vardagliga småsaker som är skarpast tecknade i minnet och har lättast att dyka upp för min inre syn.

Om det beror på att de innehåller väsentliga symboler för själva livets mening, måste denna vara: inget särskilt.

De första årtagen var ganska misslyckade. Jag hade inte haft en aning om att det skulle vara så komplicerat. Det räckte inte att bara dra årorna fram och tillbaka, som Rolf sett ut att förstrött göra. Man måste ge akt på vinkeln och ändra den allt eftersom. Man måste ner – inte för djupt, inte för grunt – och upp igen, man måste hålla jämn kraft mellan höger och vänster, finna en rytm och behålla den. Jag drog och slet och pustade i någon minut, utan att lyckas med mycket mer än att vaska runt en del vatten.

Rolf skrockade medan han instruerade mig. Flera gånger fick han mana mig till lugn, jag blev så stressad, kunde inte hejda mina rörelser. Rätt vad det var hade ena åran glidit ur min hand och föll plaskande ner i vattnet. Om inte Rolf varit snabb att rycka upp den innan jag riktigt förstått vad som hänt, skulle jag nog ha blivit avog mot det där med att ro. Nu gav det i stället honom chansen att vänta ut mig, så att jag blev lugn och kunde börja om från början.

Det gick genast bättre. Då Rolf stack in åran i årtullens ögla och riktade den mot min hand hade jag samlat mig och blivit klar över hur jag skulle gå tillväga. Första gången hade jag trott att det skulle vara lätt som en plätt, och chockerats av hur krångligt det i själva verket var. Andra gången var jag förberedd på krånglet och fann i stället att det gick mycket lättare än jag förberett mig på.

Nu gled ekan fram över vattnet och de långa årorna blänkte av vätan när de mellan doppen tog sina varv genom luften. Jag kände mig som en kung, en härskare över vattnets element, där vi gled ovanpå det och mina armar värkte av ansträngningen. De första minuterna måste jag ideligen vrida huvudet bakåt för att se vart vi var på väg, som om vi när som helst skulle kunna stöta på hinder. Snart begrep jag dock att risken för kollision var liten på sjön och det var långt till land, så jag struntade i vart båtens för pekade, söp i stället djupt in själva färden.

Med flit lyfte jag årorna så högt att vatten ideligen strömmade nedför dem och över mina händer. Även byxorna blev snart genomsura och jag frös om rumpan. För varje årtag sög jag med samma kraft in luft i lungorna och den var lika frisk och kall som vattnet på mina händer. Det kan inte ha gått med någon anmärkningsvärd hastighet, men för mig kändes det som om båten for fram likt en torped över vattenytan. Jag älskade det.

Att simma blev jag aldrig något vidare på – vatten var både lömskt och hotfullt, nästan spöklikt, när jag befann mig i clinch med det. Men att sitta och ro ovanpå var en fröjd. Jag tänkte att jag hade funnit mitt kall, det här var jag bra på och ville göra jämt.

\*

Det böljande jag känner nu är ändå i viss mån annorlunda. Såväl behaget som det vagt underliggande hotet är detsamma, men i dessa böljor är jag alldeles passiv. Det är inte så att jag är lika hjälplös som min lama kropp på sjukhusbritsen. Snarare har jag valt att inget göra, att låta mig fångas upp av böljorna – ja, det är som om min självpåtagna passivitet är själva förutsättningen för böljandet.

Kanske är det passiviteten som är böljornas natur. Så kan det vara. När viljan alltigenom fallit i sömn, när inget alls rycker i mig eller spirar som en aldrig så vag möjlighet, när jag verkligen sjunkit helt och fullt ner i handlingslöshet – då uppstår böljorna automatiskt. Därmed böljar allt.

'Panta rei' var det någon gammal grek som sa: allting flyter. Förvisso, men jag har inte hört något om böljor, fast de är synnerligen rimliga och följdriktiga i en sådan världsbild. Förmodligen är det helt enkelt så att jag ligger här och böljar på världsalltets hav, lika naturligt som en timmerstock följer strömmen eller en albatross seglar på vindarna.

Jag skulle vilja säga till min fru: vattensängen var ingenting mot det här! Jag kan lova att vi hade slagit till och köpt den, om upplevelsen varit tillnärmelsevis lika märkvärdig.

Inte för att det är en särskilt skön känsla att ligga här i böljorna – verkligen inte plågsam, men inte heller uttalat angenäm. Nej, det är bara ett tillstånd av sådan överlägsen självklarhet, en naturlighet som övergår även de mest jordnära förnimmelser, som solsken, vind i håret, mat i magen eller kyla mot kinderna. Här vilar jag faktiskt i själva naturligheten, som om de fysiska lagarna är min madrass och universums fortgång är mitt täcke.

Stora ord, men det är nog så. Jag börjar kunna det här, börjar finna mig tillrätta.

# 15

Kristin har dykt upp. Jag får intrycket att det är tidigt på morgonen, eftersom det är så stilla och tyst i mitt sjukrum. Dessutom råder utanför fönstret ett skirt ljus som liknar gryning. Å andra sidan kan det lika gärna vara fråga om en annalkande skymning. Jag har svårt att avgöra saken med någon inre klocka, den har väl i det närmaste stannat.

Hon går i alla fall runt i mitt sjukrum och pysslar med lite av varje: justerar persiennerna, fyller på vatten i blomvaserna, rättar till mitt täcke och den lilla, närmast symboliska duken på nattduksbordet. Stolarna skjuter hon in mot väggarna.

Jag får det förfärade infallet att hon förbereder något slags lit de parade, en förtidig defilering av anhöriga och vänner runt min sjuksäng, som om alla tröttnat på att jag ännu inte slocknat. Kanske vill de ge mig en knuff, skapa ett drag i rummet som ska blåsa ut mitt ljus.

I all uppriktighet känner jag själv att denna utdragna död är en stor påfrestning på allas vår behärskning. Jag håller oss i limbo, hängande mitt i luften, som tecknade filmfigurer när de klivit utanför kanten till ett stup.

Nog ser det mer och mer ut som om Kristin verkligen förbereder ett slags defilering. När hon snyggat till den sparsmakade inredningen på rummet börjar hon plocka ytterligare dekorationer ur den stora papperskasse hon tagit med sig. En ljusstake av tenn ställer hon på nattduksbordet och trycker fast ett ovanligt långt och elegant stearinljus i den. Jag gläder mig åt att ljuset är vitt, inte någon skrikig modefärg – sådant har jag aldrig vant mig vid. Hon tänder inte ljuset, det är tydligen inte dags ännu. På fönsterbänken ställer hon ett par vaser i neutralt porslin och fyller dem med blommor. Dyra blommor, kan jag se, och omsorgsfullt utvalda – långstjälkade och graciösa, i stil med stearinljuset. Mellan dem placerar hon en skål fylld med geléhallon, chokladpraliner och punchpastiller.

Det hela börjar bli en smula bisarrt.

Efter att noga ha granskat sina insatser och rummets allmänna skick, sätter hon sig ner på en av stolarna och lägger armarna i kors. Hon signalerar med hela sin kropp att det är fråga om en väntan nu, inte alls ett normalt besök.

Jag undrar vad hon väntar på, nog måste det finnas en annan förklaring än den jag associerat till. Uppenbarligen ska fler komma, men för vilket syfte? Har hon fått höra att min död är mycket nära förestående? Jag har inte märkt några förändrade rutiner hos läkare och sköterskor, så det är inte troligt att man konstaterat någon alarmerande försämring av mitt tillstånd. Förvisso är det inte en enda själ som bryr sig om att upplysa mig om sådant, men jag borde väl vara den förste att lägga märke till förändringar av mitt eget hälsotillstånd? Hur som helst skulle det märkas på hur vårdpersonalen hanterar mig, men de kommer lika sällan som förr och hanterar mig lika rutinmässigt.

Kristin ser inte heller särskilt plågad eller oroad ut. Snarare tvärtom. Det är som om hon lyckats förtränga min närvaro och sitter där samlad, som i vilket väntrum som helst. Underligt nog får jag inget intryck av vad hon kan ha i tankarna, som om det inte alls är något att lägga märke till. Jag skulle inte bli ett dugg förvånad om hon öppnar en kolorerad veckotidning och börjar bläddra, lösa ett korsord eller så.

Jag får för mig att hon redan nu, före mitt frånfälle, lyckats komma över sina känslor för mig, som om jag är raderad från både hennes hjärta och hennes minne. Men då upptäcker jag de små hastiga sneglingarna åt mitt håll. De är minimala, bara ögonen som rör sig och inte alls huvudet, men min koma har gjort mig till en skarp iakttagare. Tvivelsutan sneglar hon då och då på mig för att hon inte kan hålla blicken i styr, och den talar sitt tydliga språk.

Visst är smärtan kvar där, saknaden och längtan. Hon har inte alls glömt mig, Gud ske lov. Det är bara så att hon nu har andra plikter som ställer sina krav och begär hennes koncentration. Kristin håller sig samlad av viljekraft och inget annat.

Det är då för väl. Jag hade gärna förklarat för henne att hon absolut inte ska göra sig omaket att hålla känslorna inne. Gärna en tår att vattna mig med, Kristin. Sådant lever vi för.

Dörrhandtaget trycks ner och genast är hennes blick där. Ansiktsdragen spänns till bristningsgränsen, musklerna stelnar fast hon sitter tillbakalutad i stolen. Knappt har dörren börjat svänga upp förrän hon är på fötter och tar kvicka kliv över golvet. Då jag ser nästa besökare göra sin entré begriper jag varför Kristin hållit känslorna i schack och varför hon plötsligt blir som på nålar. Det är min före detta maka som kommer. Vad har de två kokat ihop?

De tar i hand – reserverat men inte ett dugg fientligt – och mitt medvetande gör några snabba volter. Vilken sensation att se dem förenade, att se dem till och med röra vid varandra mitt framför mig! Om de hälsat aldrig så artigt men utan handskakning, utan kroppskontakt, då hade jag kunnat föreställa mig att de bara möts i min sinnevärld, inte riktigt i verkligheten. Den fysiska kontakten föser genast bort en sådan tolkning. De är verkligen där och de möts verkligen. Ändå fortsätter det att kännas overkligt, för att inte säga omöjligt. Ja, det är en paradox – min hustru och min älskarinna, två helt olika sidor av mitt liv, hur kan de mötas? Det är som om rymden kröks och öst och väst stöter ihop.

Lite grann påminner det om när min mor och min son omfamnades, men där det var en så djup upplevelse att den borde höra hemma i genetiken, är detta något lika ytligt som huden – och lika sinnligt.

När överraskningen lagt sig blir jag stolt. De två kvinnorna är onekligen praktfulla. Tänk att jag lyckats snärja dem båda till mitt liv och min person. Då är jag väl ändå en tusan till karl!

Just som tanken slår mig blickar båda åt mitt håll med outgrundliga miner, som om de hört min tanke och känt sig provocerade av den. Jag är glad att de inte begriper att lita helt till förnimmelsen, annars skulle de nog bli en smula förbittrade på mig. De är rätt lika i att inte ha särskilt mycket till övers för manlig självupptagenhet. Som det nu är törs jag fortsätta att frossa i stoltheten en stund och det roar mig ännu mer att de vagt känner av mina tankar och irriteras, utan att kunna sätta fingret på det.

Det är riktigt pojkaktiga känslor som far över mig. Jag blir som en tonårsgrabb, gränslöst uppblåst av mina erövringar. Se där – två storvilt som jag doppat mitt kön i, bestänkt med min säd och gnuggat bröstkorg, mage och lår emot. Inte bara det – båda har gillat det! Sådana triumfer hade jag aldrig vågat drömma om i de begynnande tonåren. Ska vi inte kunna ta och göra om det, här och nu – ge fan i all diskretion och behärskning, bli nakna och pumpa på – vad säger ni, flickor? Hå hå, ja ja.

\*

"Vad fint det blev med alla blommorna", säger min fru med rar stämma och gör en gest åt vaserna.

Själv tycker jag att de får sjukrummet att se ut som en kyrkogård i allhelgonatider.

"Ja, alltid lättar det upp lite grann i den här omänskliga miljön", svarar Kristin. "Det är ju ett rent under om någon enda människa blir frisk, så deprimerande som inredningen är."

"Besparingar", mumlar min fru utan ett dugg indignation. Hon bryr sig inte egentligen, det är bara kallprat.

Deras samtal har en ton jag aldrig väntade mig: närhet. De låter som om de känt varandra i åratal, som bästa vänner. Trots att jag är ofantligt mycket mer lyhörd nu än någonsin tidigare i mitt liv, kan jag inte uppfatta minsta klang av fientlighet eller ens distansering. Inga dolda spänningar eller krystade leenden, inte minsta polemiska undermening i replikerna.

Jag är förstås besviken. En man kan i grunden bara acceptera att hans kvinnor älskar och begär honom för mycket för att någonsin bli varandras vänner, annars förflyttas han ju från centrum till periferin. Jag känner tydligt hur det händer mig, lika tydligt som om sköterskor kommit och dragit ut min säng i korridoren. Kristin och min fru har skakat hand, växlat några ord – och förvisat mig till ingenmansland. Måtte Jonas komma och föra mig tillbaka till medelpunkten!

Men denna förtrolighet kan inte ha åstadkommits bara genom detta möte, ens med min belägenhet som ett slags fredsduva. Å nej, det är tydligt att de träffats förr, mer än en gång, att de har umgåtts. Har det skett i och med att jag hamnade här, eller har Kristin och min fru bekantat sig med varandra långt innan dess – bakom min rygg?

Jag förstår mig inte på kvinnor, är inte ens säker på att jag har velat göra det. Om Kristin och min fru lärde känna varandra i all hemlighet, redan när ödets nyck förde deras liv samman genom mig, då misstänker jag att det har varit av godo. Jag gillar det inte och håller inte för troligt att jag gynnas vid en sådan utveckling av våra relationer, men det har säkert varit gott för dem att göra. Riktigt sympatiskt också, om man ser rent objektivt på det. Vuxet, i ordets bästa mening.

Vilka rackare! Vad har de sagt till varandra om mig? Kanske har de till och med nått fram till ett gemensamt omdöme om min person. Hemska tanke! Inte har det någonsin fallit mig in att söka upp och prata förtroligt med Kristins exmake eller med min frus nya karlar – om hon har haft några efter mig. Har hon det? Jag har en vag känsla av att hon har haft män sedan vår separation, till och med att jag mött en och annan av dem, men nu kan jag inte dra mig till minnes en enda karl.

Tanken väcker motstridiga känslor. Nog ser jag gärna att min fru även fortsättningsvis får sina läppar fuktade av saliv i blöta kyssar och sitt sköte masserat av en riktigt styv lem – men det förblir olustigt att för detta värv tänka sig någon annan kandidat än jag själv. Inte för att jag längtar tillbaka till henne, i alla fall inte så ofta eller så väldigt trånande, utan för att tiden spelar mig spratt. Om hon sluter andra män i sin famn är det som om dessa delar henne med mig samtidigt, som om tiden upphört att existera och alla vi karlar trängs där i dubbelsängen, kämpande för att vara först med att tränga in i henne. På något märkligt sätt är det som om vi faktiskt unisont lägrar henne allihop i ett enda tidlöst, gränslöst samlag.

Kanske tiden är blott en myt? Jag minns att det tog år efter hennes otrohet under vårt äktenskap, innan jag hade trängt undan hennes älskares vålnad från våra kärleksstunder. Fast han bara haft kroppslig tillgång till min fru under några månader hängde han kvar. Jag kände av honom jämte mig själv – liksom sammangjuten med min kropp och mitt kön. Det var så påtagligt att jag kunde känna trängseln mellan min frus lår och lukten av en annan mans säd när min egen kom. Och hans förbannat välartade leende!

Något av samma besvär hade jag också med var och en av hennes ungdomskärlekar, som jag lärde känna. De hängde kvar i luften omkring henne. Jag kunde inte lägra min fru utan att behöva brottas med dem alla.

Nå, segern var väl ändå min? Det var ju mina barn hon födde, minsann, mina gener som hon förde vidare! Och med Kristin var det allra minst oavgjort, eftersom hon aldrig fått några barn. Jag äger dem, både Kristin och min fru. De är mina. Ja, barnen också. Mina kvinnor har jag spetsat på min påle och mina barn har frambringats ur den. Jag är en stor man, en furste, och de är mitt hov.

Jag är en dummerjöns! Snälla flickor, fäll en tår för mig. Vattna mig, för jag tror minsann att jag håller på att torka ut.

\*

De är då väldigt om sig och kring sig, Kristin och min fru. Nu har de fått in några fler besöksstolar och ett bord, som de täckt med en vacker, benvit damastduk. Jag gissar att de varit på plundringsstråt i de andra sjuksalarna. De låter sig inte hejdas. Det är förvånande att de inte släpat in en soffa och en teve.

Min fru hade också kassar med sig. Nu lastar hon ur dem på bordet: muggar, papperstallrikar och plastbestick, gröna pappersservetter dekorerade med fina gyllene linjer, en stor pumptermos som hon lyfter upp ur kassen med båda händerna. Vad är det här? Kafferep vid min dödsbädd.

Jag hinner inte mer än börja känna mig förnärmad förrän min fru sticker händerna i den andra papperskassen och försiktigt lyfter upp en tårtkartong. Minsann! En prålig, svullen prinsesstårta, komplett med marsipanros och garneringar, befrias från sitt hölje och placeras närmast andäktigt på bordets mitt. Ska de nidingarna ge sig till att fira mitt frånfälle – och i förtid, dessutom? Jag skönjer ingen annan tänkbar förklaring.

Jaså, mina kära – är det sådan jag har varit?

För min frus del har jag förståelse, när jag i detta ljus begrundar saken. Nog blev hon ganska kärvt behandlad, om man lägger ihop det. Jag bredde ut mig så att det inte var mycket svängrum kvar åt henne. Jag tog för mig, som man säger. Visst är det en bedrövlig egenskap hos den mänskliga psykologin, älskling, att den som bjuds ett finger inte kan motstå att nafsa åt sig hela handen. Du bjöd till, det ska medges utan omsvep, och jag – jag tackade och tog emot. Ibland tackade jag inte ens.

Hur fort gick det inte att skämma bort mig, trots att jag berömde mig om att ha haft en uppväxt av karaktärsdanande motgångar! Vi begick en enahanda foxtrot tillsammans: för varje steg du retirerade tog jag två steg framåt. Jag kan inte ens försvara mig med att ha varit omedveten om det. Tvärtom var jag på det hela taget så luttrad att jag inför mig själv försökte urskulda mig med att det skulle bero på mitt kön, och inte alls på min karaktärs brister – som om det vore biologiskt betingat. Nej, jag visste nog vad jag gjorde.

Men kära lilla gumman, det gjorde mig så gott! Även om jag inte precis brottades med några gigantiska motgångar, var livet titt som tätt en besk medicin att svälja – så jag unnade mig gärna ett och annat privilegium. Trist att de flesta gick ut över dig. Jag lovar dig, kära lilla gumman, att jag inget hellre hade önskat än att kosmos ägt tillräckligt många dimensioner för att vi skulle ha plats att samtidigt och ömsesidigt rida på varandra. Om nu universum är krökt, så varför inte?

Jo, jag sa också till mig själv att det var så, att vi verkligen båda fann vårt lystmäte i äktenskapet – om än jag aldrig försökte förneka att jag ständigt lyckades något bättre än du med det. Jag var väl hungrigare. Är vi allihop kannibaler?

Ack, jag kan förstå att min fru har skäl till munterhet inför min bortgång. Men Kristin – vad ger dig den rätten?

Var inte vårt ömsesidiga utnyttjande så ömsesidigt som jag såg det? Skrattade du inte helhjärtat när jag under hissfärder slickade dig i örat och gnuggade mitt underliv mot din rumpa, lika frenetiskt som en pilsk hund frotterar sig mot husses eller mattes ben? Det medges att jag sådana stunder för mig själv lekte att jag åter blivit en ungdom med slät bringa och haka, med konkav mage, gnistrande blick och ett evinnerligen sprittande, nätt litet kön – inte denna alldeles för håriga, gistna gubbe, bara med nöd och näppe ännu en liten stund stagad till upprätt läge av tynande mandomsmuskler. Spjuvern var i själva verket en man i sönderfall, redan med liklukt i andedräkten och en pung på upprinnelse, men det kände du väl? Kan det ha plågat dig lika mycket som det i största hemlighet plågade mig?

I så fall förstår jag tårtan. Gjorde jag mig löjlig? Jag höll det ifrån mig så länge jag kunde, spelade allehanda spel, tog långsträckta omvägar, gömde mig i pyttesmå vrår, knep ihop ögonen och skakade frenetiskt på huvudet, men till slut var det ofrånkomligt: det är tungt att åldras, Kristin, ofattbart tungt.

När jag ser tonårspojkar upphetsat gestikulera och tala med spruckna målbrottsröster och många amerikanska svordomar, eller tonårsflickor fnittra som om de både avslöjat tillvarons dolda lagar och gjort sig fria från dem – då river det i mitt bröst och bultar innanför mina tinningar. Hur har de mage att ha så många fler år på sig än jag, hur kan de tillåtas att vara kvar när jag inte längre kommer att vara det?

Kristin, Kristin – med dig ville jag åter bli ung och ge fan i tidens gång. Min önskan var så delikat att den var lika tabu att yttra för dig som att bekänna för mig själv, men den var hetare och svårare att motstå än till och med det erigerade könets längtan efter att kapslas in av sin motpart. Jag hade aldrig kunnat ge upp drömmen, om jag över huvud taget varit frigjord nog att våga erkänna den för mig själv.

Det var jag inte.

Du förstår, att erkänna en sådan längtan vore ju att öppna mig för smärtan. Vilken fälla, eller hur? Förmådde inte erkänna min ångest, kunde inte dämpa den, förmådde inte erkänna den... Att jag skulle dö, det kunde jag leva med, men att jag åldrades – icke! Döden är så abstrakt, så vag, men åldrandet – det är så tydligt att det är banalt, ynkligt, fånigt. Sådant tar man sig inte runt.

Jag förstår att dessa kval gjorde mig besvärande i dina ögon, stundtals riktigt vämjelig. Men väckte det inte då och då din sympati – den underbara, välsignade moderliga instinkten?

Jag undrar vilka andra av mina nära och kära som ämnar deltaga i tårtkalaset. Vilka är quislingarna i den lömska sammansvärjningen? Är detta något de alldeles nyligen funnit på, eller kan det rentav vara så att de har planerat detta länge och längtansfullt inväntat möjligheten – ohyggliga tanke: långt innan jag hamnade i detta predikament? Det mörknar.

# 16

Jag är David, statyn av Michelangelo – reslig, fager. Där står jag i Florens, naken och orörlig. Alla dessa turister från hela världen som passerar tar bild på bild med sina kompaktkameror och inbyggda blixtar. De granskar mig uppifrån och ner, klappar eller smeker min fot och anar inget annat än den svala, hårda marmorn som är min hud. De tror att jag är kall och livlös, om än aldrig så betagande.

De har fel. Inuti mitt marmorskal slår ett stort hjärta och varma känslor flödar. Jag är varm inombords, jag försäkrar – varm och levande. När de skockas runt mig, alla dessa grymtande japaner, tyskar som ständigt trängs för att komma längst fram och svenskar med sina tekniskt komplicerade videokameror, vill jag ge mig tillkänna. Jag vill ryta åt dem, stampa med foten i sockeln så det ekar, vifta med armarna.

Det går inte, hur jag än försöker. Marmorn är en okuvlig klädnad, innanför den har jag inte större frihet än en mumifierad farao i sin sarkofag.

Som jag sliter i mina marmorarmar och marmorben för att de ska knäckas vid lederna och äntligen röra sig efter min vilja! De förbannade turisterna måste ana hur jag kämpar. På något vis har de förnummit min frustrerade hjälplöshet, för de trängs runt min sockel nu och ler allt bredare. De går inte sin väg. De börjar skratta, en efter en, och pekar finger. De hånar mig! Världens vackraste man är ett offer, ett mähä som inte kan göra ett dugg med sina smäckra lemmar, hur mycket han än försöker. Visst är det ynkligt. Hur kan jag klandra dem? Skocken blir alltmer hånfull, det är patetiskt det också. Jag blickar ner på dem och ser bara de lägsta av mänskliga instinkter: avund, skadeglädje, illvilja – tyvärr inte de mest undanskymda egenheterna hos folkflertalet.

Det blir en ond spiral. Ju mer de gläds åt mitt elände, desto mer förvrängs deras ansikten i groteska miner och deras kroppar spretar, kröks. Ja, de blir allt fulare. Därmed ståtar jag alltmer överväldigande med min skönhet, min fulländade marmorgestalt, och deras avund stegras till nya proportioner. Det här kan mycket väl ta en ände med förskräckelse.

Vad nu? Något kallt och kletigt rinner nedför min mage, från solar plexus mot mitt kön. Har äntligen marmorskalet brustit? Är det mitt varma inre som sipprar ut? Mitt hopp tänds ett ögonblick, innan jag blir varse hur fel jag hade.

Ett rått ägg, någon i hopen har kastat ett rått ägg på mig! Knappt har jag konstaterat detta förrän ännu ett ägg träffar mig – mitt på näsan! En skicklig skytt, tänker jag mitt i alltihop. Fler ägg, tomater också. De bombarderar mig med ägg och tomater och annat smutsigt, kladdigt, som de har till hands – tuggummin, päron, smörgåsar, halvt smälta chokladkakor, pinnglass. Det är ett regn.

Var är vakterna? De finns där i skymundan, betraktar förödelsen och ler i mjugg. Också vakterna har smittats av avunden, har nog närt den länge. De håller sig undan men bevittnar helgerånet med jublet mödosamt återhållet innanför allt bredare flin.

Nu är jag täckt från topp till tå av denna sörja. Drypande, stinkande och missfärgande. Förmodligen är det själva illviljan bakom bombardemanget som gör marmorn anfrätt, som får smolk och gegga att tränga in i stenen och fördärva den. Ändå är de inte nöjda. De brummar och morrar som vilja djur, ger sig på sockeln med hugg och slag. Paraplyer, handväskor och kameror svängande i sina remmar är deras tillhyggen. Några tar av sig skorna och hamrar frenetiskt med dem. Flera klättrar uppför sockeln och ger sig på mina fötter, vrister, vader, så högt de når.

Jag har fått nog. Vreden stiger inuti mig, det eskalerar, som vid en härdsmälta på ett kärnkraftverk. Raseri! Jag känner helig ilska tina marmorn ända ut till ytan, ända ner till sockeln. Nu ska jag bryta förseglingen, nu ska David böja sina knän, lyfta fötterna och gå sin väg.

Ja! Det går, det går! Jag känner hur det faktiskt rör sig i mina leder, sakta betvingar viljan stenen och överträffar dess hårdhet. Folkhopen märker det också. Den tystnar, hejdar sig, stirrar upp mot mitt sköna ansikte – och nu darrar de alla, precis som hela jag gör, men av helt andra känslor.

Triumf, äntligen rör jag på mig! Dammet yr, stenen knakar och spräcks, krossas mot sig själv. I samma ögonblick som jag lyfter foten och tar mitt första kliv – ut från sockeln, ner mot den panikslagna folkhopen – går det upp för mig: marmorn kan inte följa min rörelse. Den brister alldeles. I detta första steg spricker jag upp i bitar, benen skiljs från bäckenet, armarna från axlarna och huvudet från halsen. Alltihop störtar ner. Jag hinner be: måtte människorna inte krossas under mig.

*

Jag när en underlig längtan.

Att promenera på en gryningskylig, daggfuktad gräsmatta, till exempel, är en kittlande sensation för nakna fötter. Men snart blir njutningen en plåga. Fötterna fryser och därmed snart hela kroppen, kittlingen blir i längden outhärdlig.

Förmodligen är det sinnesförnimmelserna som gör livet meningsfullt, men man tröttnar på dem – kittling blir klåda, njutning blir smärta. Med tiden har de fem sinnena gått igenom sitt register åtskilliga gånger och blivit tjatiga. Då vore den förnämsta av alla tänkbara förnimmelser att inget känna, inget höra, inget se eller känna lukten av.

Till slut är det allt man traktar efter, tror jag. Platt intet. Jag verkar ha nått dithän. Redan längtan efter detta intet är i sig vilsam. Tänka sig.

Än är jag inte befriad. Som jag våndas så fort handtaget på dörren till mitt sjukrum trycks ner – vem är det nu som kommer för att medverka i det hånfulla tårtkalaset?

Tvillingarna är redan här. De kom nog bara en halvtimme eller så efter min fru, tillsammans med såväl sina barn som äkta män. Säkert deltar männen med förtjusning, de har knappast varit mina beundrare någon av dem, men hur kan ansvarskännande föräldrar släpa med sig sina oskuldsfulla barn på denna hädiska ritual? De begriper ju ingenting alls, de små liven, där de krumbuktar sig runt sina föräldrars ben och tigger godsaker. Skålen med snask på fönsterbänken drar till sig långt fler av deras blickar än morfar i koma. Vem kan klandra dem? Om de alls förstår situationens allvar vete tusan, i så fall bara genom att de har ovanligt lätt att tigga till sig det ena geléhallonet efter det andra – sådant brukar deras föräldrar annars vara betydligt mer restriktiva med.

Faster Sigrid har förstås kommit, det här ville hon nog

inte missa för allt smör i Småland. Hon är gammal och gisten så det räcker, men i denna stund smått triumferande. Hon cirkulerar bland de närvarande med ett litet skevt leende på sina läppar. Det kan tolkas både som smälek och som sympati. Jag vet nog jag.

Kanske gör jag henne orätt. Det är inte så enkelt som att hon fröjdas i något slags hämndkänsla mot mig, vad den nu skulle ha föranletts av. Snarare saknar hon förmågan att känna något alls för en livlös klump till människa – vare sig väl- eller illvilja. Det är som om hon bara inte kan få sina känslor att fastna på någon som varken står upp eller har mål i mun. I stället vänder hon sig mot besökarna, en efter en, för att sprida sin ömhet. Den ömhet hon förmår ska hellre jämföras med droppar än med skyfall, så det är klart att hon inte känner för att slösa bort den på att vattna en vissnande planta. Säkert säger hon till sig själv att jag redan är bortom all nåd och lindring, varför det är hennes plikt att värna om de efterlevande.

Tja, det kan hon ju ha rätt i. Hon kanske också skulle ta sig några geléhallon, så fick hon något ut av det hela. Jag vågar slå vad om att hon inte kommer att dra sig för såväl påtår på kaffet som en extra bit av tårtan, när det är dags.

De har inte börjat ta för sig ännu. Fler är väntade, antar jag.

Också från min arbetsplats har det kommit besökare till tårtkalaset: Charlotte, som sköter praktiskt taget allt på vår förvaltning inklusive det sociala spelet, och Georg från nämnden. Personalen drog väl lott om vem som skulle representera dem. Vad har de för otalt med mig, månntro?

Jag får erkänna att jag inte gjort någon vidunderlig nytta i mitt värv uppe på förvaltningen, men inte någon större skada heller, vad jag kan förstå. Tydligen står det till på annat sätt, annars skulle de väl aldrig våga kliva ur sina korrekta roller för att deltaga i denna makabra manifestation? Om jag ställt till med så mycket förtret på min arbetsplats att de gottar sig i min ofrivilliga förtidspension

– då kan jag bara skratta dem rätt i deras bleka ansikten och säga att det rör mig inte i ryggen! Jag kände mig tidvis som en parasit, där jag för hyfsad timpenning fick tiden att gå till föga nytta för skattebetalarna, och när jag såg mig omkring märkte jag sällan personer med större betydelse än min. Vad gjorde någon av oss för nytta, egentligen?

I ärlighets namn tyckte jag förr att just Charlotte och Georg var ganska sympatiska figurer bland de många torrbollarna på kontoret. Jag trodde också att de två uppskattade mig och mitt arbete. Att man kan ta så fel!

Jag tror att det förhåller sig så, tyvärr, att vänner står fiendskapen närmast. Det är bland sina allierade man i nästa stund löper störst risk att finna sina motståndare, och då slåss de med betydligt större ilska än de som alltid varit på andra sidan skranket. Jag har jämt känt det på mig – när folk givit mig erkännande och beröm utan gränser, då har jag instinktivt velat ducka, velat dämpa superlativen och hejda applåderna. Utan att kunna formulera det i ord eller klara tankar hade jag ändå aningar om vad följden av smicker måste bli: klander. Det slår över, förr eller senare. Den som först uttryckt beundran anser sig därmed ha rätt att vända till förakt, den som en gång har hyllat är just därför benägen att nästa gång avsky. Det är väl som yin och yang, efter berg kommer dal. Jag skulle föredra att alltid befinna mig på slättlandet.

Nej, det är inte sant. Fast det kostar på, vill jag känna svindeln i en ordentlig berg- och dalbana. Hur ska man annars veta om man har levat? På den punkten är vi nog alla lika, fast i olika grad: vi vill väcka vilka känslor som helst i vår omgivning – utom likgiltighet.

Därför, när mina arbetskamrater står framför mig i begrepp att ta för sig av tårtan som firar min bortgång, känner jag segerrus. Jag trängde innanför deras skinn.

\*

I det längsta hoppas jag att slippa uppleva det. Min fru, Kristin, mina döttrar och deras familjer, faster Sigrid och arbetskamraterna – deras närvaro på den här tillställningen kan jag leva med, även om det svider en del. Men för varje minut som går, för varje gång dörren öppnas och släpper in en ny gäst, stiger mitt hopp, min bön om att en viss person inte ska visa sig. Det dröjer så länge att jag hinner finna behag i tron att han verkligen ska utebli. Jag lyfter upp till höga sfärer innan drömmen spricker. Platt fall.

Den tveksamhet som dörrhandtaget sänks med får mig att ana oråd. När dörren glider upp så försiktigt, centimeter för centimeter, har skräcken redan slagit på varje larmsignal i mitt huvud och jag vet vad jag inte vill tro.

Också den här gången har Jonas skinnjackan på, som om det inte finns något annat ytterplagg i hans garderob. Kanske är det så, han har aldrig varit någon hejare på att skaffa inkomster.

Något måste vara fel. Det här stämmer inte. Han står där som en hägring. Korridorens skarpa lysrörsljus omgärdar honom bakifrån. Han är rak som en fura, alldeles stilla. I min ytterst skärpta perception kan jag uppfatta hans andning, som får skinnjackan att röra sig minimalt och luften framför hans näsborrar att skälva. Han tar djupa andetag och det går lång tid mellan dem. Hur länge står han där?

De övriga i rummet uppfattar hans närvaro, en efter en, och jag tror att de känner såväl Jonas högstämda allvar som min vånda. Detta är en ödesstund, det kan inte undgå ens den mest avtrubbade av de närvarande.

Jonas står stilla som en staty i dörröppningen. Han har att välja på att i avsmak vända ryggen åt hela spektaklet, eller att kliva in och deltaga helhjärtat i det. Jag hyser inget hopp om att han ska välja den nobla, hedervärda vägen – då skulle han inte ha dykt upp, över huvud taget. Han gjorde sitt val redan genom att komma till sjukhuset. Nu står han bara där, förstenad av att bli varse hela den tunga konsekvensen av sitt beslut.

Nå, han kanske måste göra så här för att kunna ta farväl av sin far, det kan vara hans enda sätt att frigöra sig. Och det måste ju till nu. Slutminuterna tickar närmare. Om han inte lösgör sig från mig innan mitt slutgiltiga fall, då kanske han ändå rycks med.

Vi var ju överens om att det inte fick ske, jag stötte dig ur min dödsbädd nyligen – minns du? Då ville han utgjuta sitt liv för mig, och jag vägrade det. Nu deltar han i stället i hånet av mig. Det är rimligt, det är så det ligger till. Från vänskap till fientlighet, från kärlek till hat. Bara en lika stor känsla kan befria honom från den som hittills uppfyllt hela hans väsen. Ja, han måste göra precis så – och ändå, hur mycket jag än hejar på honom, bränner det i mig.

De andra tystnar för att de vet hur ohyggligt allt det här är för min Jonas, mer än för någon annan i rummet. De tystnar av respekt för hans våndor. De kommer att be honom leda festligheterna, på ett eller annat sätt. De kommer att erbjuda honom marsipanrosen på tårtan. Den har inga taggar han kan sticka sig på.

Cirkeln är sluten. Men jag slår än en gång fast – det kan inte stämma!

Elisabeth gör en ansats åt sin brors håll, bara ett halvt steg.

"Jonte, där är du! Vi väntade på dig. Kom in!"

"Ja, kom in nu, Jonte", säger också Anna och vinkar åt honom. "Stå inte där."

Systrarnas ord rycker i honom, lika tydligt och konkret som om de tagit fatt i honom med sina händer. Jonas nickar en smula vilset åt församlingen och mumlar en hälsning. Så snart han har lyft foten för ett första steg in i rummet skyndar hans mor fram till honom. Hon tar honom i famn, viskar hastigt något ömt i hans öra och drar honom med sig till rummets mitt.

Hans blick fastnar genast på prinsesstårtan. Han ser inte precis förfärad ut, men det är nära, eller äcklad, men det är inte heller långt borta. Hans mor ser vad hans blick har fastnat på. Däremot läser hon inte känslorna bakom den, eller struntar i dem.

"Ja, det är väl dags för tårtan nu. Vi väntade bara på dig. Vill du kanske skära upp?"

Jonas skakar hastigt på huvudet. Tack för det i alla fall, min son. Min fru nyper kvickt åt sig tårtspaden, för att därmed stryka frågan ur samtligas medvetande. Hon värnar om Jonas, som om han alltjämt vore ett litet barn. Nu känns han som ett sådant, onekligen. Det är ett under att han håller sig på benen. Ska han någonsin komma över det här? Han har ju inget sätt att få det ur sig, stackaren, han bara sväljer och sväljer. Det går inte i längden, på något sätt måste det komma ut. Hur ska vi kunna hjälpa honom med det?

Än en gång: det här får inte stämma, det skulle jag inte härda ut. Även om ritualen är så sund som fornsvenskt gravöl, katharsis för att stöta sorgen efter den bortgångne ur de kvarlevandes bröst, ett livsnödvändigt reningsbad som gör det möjligt för dem att komma vidare – även om det är så, vill jag inte att detta ska vara min slutscen. Jag tillåter det inte! Mina barn, mina kvinnor och vänner – ni måste hitta en annan lösning. Det förstår ni väl?

"Kära vänner", tar min fru till orda, fortfarande med tårtspaden i högsta hugg. Hon ser sig om – inte omsorgsfullt som en van talare, utan flyktigt, som snattaren oroligt spanar efter eventuella vittnen. Ja, skäms! "Som ni vet har vi samlats här för en munter stund och jag hoppas att vi kan hjälpas åt med det. Personalen här på sjukhuset var lite undrande först, när jag bad om lov – skulle man förresten alls behöva be om det? Nå, de gav sitt bifall, faktiskt med stor förtjusning. De tyckte att det var en strålande idé."

Är jag omgiven av idel barbarer?

"Ja, låt oss slå all oro och bedrövelse ur hågen, när vi firar vår käre makes, fars och väns födelsedag!"

Vad nu? Först kan jag inte tro det, törs inte. Jag fryser som till is och en plötslig förföljelsemani rör om i mitt huvud. Är detta ännu en grymhet, som kattens lek med råttan? Vill de lura upp mig på hoppets höjder ett ögonblick, bara för att mitt fall ska bli ännu mer hisnande? Jag stålsätter mig för det allmänna gapskratt som jag till en början räknar med. Inget skratt kommer, inte så mycket som en fnissning.

Vilken jubelidiot jag varit! För varje följande sekund går det mer och mer upp för mig. Det är ingen lömsk fint, inget spel med mina känslor – de tror ju att jag över huvud taget inte varseblir dem. Nej, de har verkligen allihop kommit för att fira min födelsedag!

I det att jag oroligt granskar dem, en efter en, fram och åter med all den skärpa jag nu är förmögen, blir det tydligt: deras spända axlar sjunker, deras kinder rodnar och deras ögon formligen tindrar. Visst spricker snart deras läppar upp, men inte alls i hånleenden. Ett vanställande töcken lättar från scenen och visar hur det egentligen ser ut, som när hemska skuggmonster i barnkammarens nattmörker förvandlas till en stol eller ett skrynkligt klädesplagg, då lampan tänds. Egentligen visste man ju hela tiden det.

Välsignelse! Nog måste tårar av överjordisk glädje rinna från mina ögonvrår, hur medvetslös min kropp än är, nog måste också mina kinder rodna och mina andetag bli befriat djupare. En sådan stund! Det är min födelsedag. Inte var jag i skick att tänka på sådant, jag hade ingen aning om vilket som var dagens datum, är inte ens riktigt säker på hur många år jag fyller – och kunde inte vara likgiltigare för det. Men de låter inte situationens grava allvar beröva oss bemärkelsedagen. De har sannerligen tåga! Och vilken födelsedag det blir – jag som annars har föga till övers för sådana upptåg.

De skär upp tårtan – ja, det är Jonas som får marsipanrosen, fast han försöker värja sig. De dricker kaffe, läskedryck till barnen, de pladdrar och skrockar och lägger titt som tätt sina händer på varandra, såsom små diskreta välsignelser. Rummet fylls av denna doftande, skimrande, klingande eter som måste vara vad vi kallar kärlek. Att sådan rikedom finns!

Småbarnens läppar och kinder blir både bruna av chokladen och vitprickiga av sockret från alla geléhallon de stoppar i sig. Jonas sjunker ner i en av besöksstolarna, där Elisabeth och Anna får rufsa om hans hår igen och igen, utan att han ens ger dem någon irriterad blick. Kristin och min fru kramas ideligen och roar varandra storligen med att lågmält berätta intima episoder från deras liv med mig. Faster Sigrid och mina arbetskamrater äter med större aptit av tårtan än till och med min mor, som gjort sin entré en stund efter Jonas och genast blivit mer hemmastadd än någon av de andra. Hon tar sig an tvillingarnas makar, som dittills känt sig en smula utanför.

Efter en stund brakar förstås småbarnen ihop – de brukar titt som tätt slåss med varandra – och börjar gråta. Med så många vuxna att trösta dem tar de naturligtvis chansen att riktigt gråta ut, högt som luftvärnslarm, men luften går snart ur dem. Jonas fäller också tårar, den ljuva ängeln, och genast är alla händer där – på hans skalle, axlar, bröst och händer. Det ser ut som en seans, eller handpåläggning i en frikyrka. Han skakar av återhållen gråt en stund, sedan kan han le och till och med ta en tårtbit till. Just som han ska till att svälja den första tuggan smyger min mor sig inpå och nyper honom hårt i rumpan. Jonas spritter till och sätter nästan i halsen.

"Det är rätt", säger mamma. "Stå på dig, bara!"

Överraskningen lämnar Jonas ansikte och ersätts av stolthet, minsann, en inre styrka som mamma lyckats locka fram till ytan. Heder åt henne. Den påpassliga Charlotte från förvaltningen har lagt märke till den lilla episoden. Hon betraktar därefter Jonas med en drömmande blick och hennes kinder får ytterligare färg. Det gör mig stolt: står hon inte där och fantiserar om att vara den som nyper min son i skinkan – och annat smått och gott!

Georg sneglar på sin klocka och kan uppenbarligen

inte förstå varför han inte pallrar sig iväg, varför han stannar längre än hyfs och heder begär. Sigrid, den kärva, står minsann och betraktar mig stund efter annan, när hon tror att ingen ser. Hon inser till sin förvåning att hon kommer att sakna mig. Ja, Sigrid, visst är det besvärande att våra känslor inte har större urskiljning. Vi är bra lustiga, allihop, är vi inte?

Nu ljusnar det!

# 18

Ekan. Långsträckt och smäcker, behagfullt gungande på den stilla vattenytan.

Lustigt att båten gungar, om än aldrig så lite, fast vattenytan ligger spegelblank. Varje planka i skrovet håller sig på plats, men inte utan att gnälla en aning, sträcka och tänja sig, suga i sig vätan på yttersidan och andas den ur sig på skrovets insida. Träet doftar av aktningsvärd ålder. Också dess många färgskiftningar berättar om tid. Årorna vilar i sina tullar, det lilla vatten som plaskar runt i båtens botten är klarare än luft och reflekterar tindrande dagsljuset. Ingen sol syns till, men ljuset är ändå bländande.

Långt bakom båtens akter skymtar en strimma av land. Det ser grått ut. Långt framför båtens för skymtar också land.

Rolf syns inte till. Jag är inte förvånad, fast jag inte förstår varför. Det finns en logisk förklaring, vilken den nu är. Det är inte viktigt. Jag borde väl passa på att gripa tag i årorna och ro för kung och fosterland, eftersom jag är så förtjust i det, men inte heller något sådant är särskilt lockande. Jag har redan rott så pass att jag fått mitt lystmäte – för den här gången.

Nu är det två ting som intresserar mig, båda utanför ekans skrov – dels vattenytan, den blanka och släta, dels landremsan långt där framme. Vattnet ser rent metalliskt ut. Svalt, alldeles säkert, men knappast kallt. Hur kan det locka mig så? Jag som aldrig haft bråttom att plumsa i böljan.

Jag förstår att det finns folk där borta på land. De väntar mig. Jag ser dem inte, det är för långt borta, hör dem inte heller. Men de är där, de välkomnar mig, som en förlorad son.

Det finns folk också på den andra stranden, den grå långt bakom båtens akter. De känner mig också, vet jag fast inte heller de syns eller hörs hit. De väntar mig inte, i stället sänker de sina vilsamt leende ansikten och vänder sig sakta, sakta om. Än så länge tar de inte ett enda steg, någon av dem, men när det sker kommer deras ben att leda dem bort från stranden, in mot land, och de kommer inte att vända tillbaka. Det vore sorgligt att inse, om inte vattenytans svalka var så lindrande. Det ökande avståndet till dem blir lätt att bära över en så slät, så fridfull yta.

Samma släta vattenyta gör att avståndet till stranden långt framför båten känns lätt att överbrygga. Dit är ytan hal, man skulle kana hela vägen fram på föga mer än ett rejält simtag. Det är bara att lämna båten.

Se vilken ordentlig gosse jag är: alla mina klädesplagg har jag vikt ihop och lagt i en prydlig hög på ekans mittersta toft. När jag klättrar över relingen gungar båten varken mer eller mindre än hittills. Jag glider ner i vattnet, som om det vore ett plagg jag iklädde mig. Vattenytan reser sig uppför anklar, vader, kön, lår och mage, ända till axlarna, sedan är det stopp. Jag flyter.

Det är svalt. Inte påträngande, inte oroande djupt, fast jag inte bottnar. Ringarna som bildades på ytan när jag slank ner i vattnet tynar kvickt bort – en mjuk vågrörelse som låter sig anas en stund och sedan är ytan alldeles slät igen.

Nu gungar jag, liksom böljar, fast vattnet verkar orörligt. När jag slappnar av och låter böljandet genomtränga hela kroppen, då lyfter benen och jag sträcks ut horisontalt. Det får mig inte att sjunka djupare, det är ingen konst att hålla huvudet ovanför vattenytan. De som väntar borta på stranden kallar på mig. Inte för att det är någon brådska, de vill bara visa vägen, som en fyr om natten. Inte heller det behövs egentligen, men det är älskvärt av dem. Jag sträcker ut armarna i ett första, lojt och vällustigt simtag. Det här ska gå vägen, alldeles säkert.

De säger att det är omöjligt för en människa att drömma om sin egen död. Det går inte, drömmen mäktar inte genomföra det. Man kan komma oändligt nära, i och för sig, men sedan – som i matematikens limes, gränsvärde – är det stopp. Man väcks alltid före det avgörande ögonblicket.

I så fall är det dags att vakna nu.

# Efterskrift

*Tröst* är slut. Jag hoppas att du inte tycker att läsningen var ett slöseri med din tid. Romanen tog en del lustiga turer innan den blev en bok, varför jag fick för mig att berätta något om förloppet. Kanske kan det roa en och annan läsare.

I början på 90-talet flyttade jag från Stockholm till Malmö och blev därför särdeles nöjd med att få en skånsk förläggare. Den lika kompetente som kontroversielle John-Henri Holmberg på förlaget Wiken, tillhörande Bra Böcker, hade nappat på mitt romanmanus *Tao Erikssons sexliv*. Han förklarade för mig att förlaget ämnade satsa på mitt författarskap och därför ville ge ut en roman om året av mig.

Sådant gillar förstås en författare att höra, men jag blev en aning blek om nosen av tanken på att skriva ihop en hel bok om året – det var länge sedan jag hade författat med sådan raskhet. Visst, när jag var i tjugoåren och begynte med bokskrivandet kunde det gå till och med kvickare än så.

Om jag minns rätt fick jag ihop min första roman – *Tristans karma*, ännu outgiven – på några månader, och den andra, *Evigheten väntar*, tog väl sådär fem månader om jag minns rätt, före diverse bearbetningar. Jag tyckte att det var en evighet, och ändå med fullmåne utanför skrivarlyans fönster hela tiden. Romanen därefter, *Alltings slut*, fick jag ihop på ungefär en månad – mest för att jag var lättad över att halka ur föregående romans mörka forntid. Rekordet var *Om Om*, som jag skrev på tio dagar för att hinna få med den i en ungdomsbokstävling, som den dessutom hade oförskämdheten att vinna.

Men därefter blev det för varje bok drastiskt mer tid som jag både behövde och ville ta mig. *Tao Erikssons sexliv*, som John-Henri Holmberg nappade på, hade jag jobbat med i hur många versioner som helst sedan tvåtiden på eftermiddagen den 2 februari 1985, på tåget från Stockholm till Malmö – ett märkligt sammanträffande, om man betänker att boken sedan fick en skånsk förläggare, vilket jag knappast hade kunnat gissa då. Jag befann mig strax norr om Lund när jag började skriva på den, efter en fascinerande scen jag fått bevittna på tåget. Boken kom ut 1992, sju år senare.

*

Nå, John-Henris anmodan såg jag som en kittlande utmaning. Jag gav mig sjutton på att åtminstone klara en bok inom ett år. Jag räknade med att sedan skulle tidsramen spricka med besked. En roman har sin egen tillväxttakt, och det havandeskap författaren befinner sig i har nog normalt en tendens att förlängas för varje befruktning.

Jag fick en ingivelse, eller om jag redan hade en idé på grodd i bakhuvudet, jag minns inte. Och så satte jag igång som en furie med skrivandet.

Titeln fanns med från start. Boken skulle heta *Tröst*, eftersom den grundade sig på min frågeställning om vad för tröst det kan finnas i jordelivet, som vi vet att vi en dag lämnar. Meningen med livet, alltså. Vilken tröst kan vara större än att finna meningen med livet?

Många av mina romaner börjar med en frågeställning, ofta av existentiell art. Man kan nästan kalla det ett filosofiskt experiment, där boken är laboratoriet. Jag riggar med intrig och karaktärer en laboration, som ska ge svaret på den ursprungliga frågan – inte i slutmeningen, så fungerar det inte, utan genom bokens helhet. Svåra frågor har inte korta svar – i alla fall inte formulerade i ord.

Sålunda var till exempel romanen *Alltings slut* en forskning i möjligheten att vårt universum är så konstruerat, att allting vi kan föreställa oss faktiskt finns. I *Evigheten väntar* ville jag skrapa bort all civilisation och kunskap, för att utröna vad den mänskliga hjärnan – som var minst lika stor och kapabel för 50.000 år sedan – kunde ha för sig när den var obunden av redan serverade fakta om verkligheten. *Om*

*Om* var ett sätt att försöka provocera fram den eventuella Guden, genom att skapa Dess like.

Resultaten av experimenten blev förstås blandade. Naturligtvis tog romanerna själva snabbt över och tvingade fram sina egna förlopp, oavsett med vilket sikte jag inlett arbetet. Det kunde gott hända att jag under skrivandets gång helt glömde bort det initiala syftet.

*

Så skedde med *Tröst*. Jag skrev på, och fast jag behöll titeln hade jag glömt hur jag kommit fram till den, tappade bort det där med att boken skulle vaska fram meningen med livet.

Startpunkten var ändå kommen ur den ursprungliga frågeställningen: en döende man, som reflekterar över det liv han hunnit leva och vitsen med det hela. Min tanke var att han skulle dö och så skulle vi följa honom över till andra sidan, bortom dödsögonblicket. Jag tänkte att svaret på frågan om meningen med livet måste visa sig i döden. Där borde facit finnas.

Det är klart att vi inte vet ett dugg om ett eventuellt liv efter döden – men författeriet är en avancerad form av forskning och boken ett synnerligen resursrikt laboratorium. Dylika experiment brukar kunna ge mycket mer än ens författaren i begynnelsen kunde föreställa sig.

Huruvida resultaten är objektivt sanna eller ej, är av sekundär betydelse. Det objektiva spelar i människans liv dessutom blott en perifer roll, det är mest en struktur för scenografin, inte alls för de roller som rör sig på den. Vad vi upplever av verkligheten är så gott som aldrig objektivt. Och skönlitteratur forskar i upplevelse.

Jag hade alltså lagt upp en anständig experimentsituation för hur människan kan uppleva meningen med livet, genom att romanen skulle följa en person bortom dess gräns och därifrån kunna konstatera hur det hänger ihop.

Så långt, så väl. Men sedan glömde jag, som sagt, bokens ursprungliga syfte. Tankarna i huvudet på den döende mannen i sin koma, mötena med släkt och nära – det blev så fascinerande att jag inte förmådde mig till att avbryta genom att ta död på honom.

Det blev till och med en ploj i mina dialoger med förlaget, där flera var både införstådda med och smickrande involverade i romanens förlopp. Närhelst vi hade kontakt i något ärende frågade de:

– Nå, är han död nu?

– Inte riktigt, men det är bra nära, svarade jag. Alldeles strax dör han.

Ungefär samma replikväxling upprepades, månad efter månad. Inte dog han, inte. Faktiskt sker hans död – förmodligen – direkt efter att romanen slutar. Efter sista punkten ger han upp andan, inte förr.

Jag stördes inte av det, romanen fick ett slut som den på sätt och vis själv hade befallt fram, och det verkade vara det enda rimliga. Jag hade ju glömt varför jag började skriva den, så det var inget som saknades.

Inte förrän jag begrundade titeln. Tröst? Jag förstod inte hur den titeln hade kommit sig, mindes bara vagt att den varit alldeles självklar för mig i begynnelsen. Det krävde en del tankearbete att återkomma till de inledande tankarna, att minnas vad för experiment jag hade dukat upp. Då insåg jag i snabb följd två ting – dels att jag fullständigt missat det där med att följa romanens huvudperson in i döden, vilket hade varit själva vitsen med experimentet, och dels att just däri låg svaret på den ursprungliga frågan: inte i döden.

Inte i döden, utan i livet. Självklart! Hur kan meningen med livet stå att finna utanför det? Mina premisser i experimentet hade varit felaktiga, när jag trodde att man måste dö för att finna meningen med livet – och boken hade rättat mig. Den envisades med att stanna kvar bland de levande.

Den döende mannen får se sitt liv i något av en revy, genom minnen och besök vid sjukbädden, och först när han är helt tillfreds tar boken och hans liv slut. För honom har livet sannerligen visat sig meningsfullt. Upplevelserna summerar sig, ordnar sig i en skön koreografi, och han ser – som bibelns Gud under skapelsens sex dagar: 'att det var gott'.

Så tror jag nog att det är med människans liv. Under vår levnad målar vi en tavla av handlingar, upplevelser och insikter. Varje tavla är skön, på sitt sätt. Det kan vi konstatera i dödsögonblicket, vill jag hoppas, och annan mening med livet frågar vi egentligen inte efter.

Försåvitt vi också efter döden har en existens, som dessutom kan minnas den föregående, tror jag knappast att vi förhåller oss annorlunda till vårt föregående liv än att betrakta tavlan och beundra dess komposition, dess intrikata detaljer och strålande färger.

Kanske finns en motsvarande tavla för mänsklighetens gemensamma existens, kanske också en för hela världsalltet, vad vet jag? Det blir sammantaget en sjusärdeles utställning, där varje enskild tavla har sina förtjänster, sina fascinerande egenheter. Med tanke på det får man faktiskt hoppas att vi alla har tillfälle att besöka utställningen, någonstans, på något sätt.

*

Boken var färdigskriven och gav sitt eget svar på min frågeställning – ett svar som nästan var en pik mot mig, ett trots mot min förutfattade mening.

Trots att temat var evigt hade jag sytt ihop boken inom ett år – faktiskt med en marginal om någon månad. Jag lämnade stolt över manuskriptet till förlaget, och tänkte i mitt stilla sinne att det var nog första och sista gången de fick som de ville, med en roman om året.

Jag fick rätt, men inte på det sätt jag trodde. Åter ett slags pik. Förlaget gick mot konkurs och utgivningen ställdes in.

Bra Böcker hade levt gott på sitt gröna uppslagsverk, som dock med tiden sålt så mycket det gick. Inkomsterna sinade men som så ofta i affärsvärlden dröjde det innan man förmådde begränsa utgifterna i motsvarande grad. Det blev kris, och sedermera en ny ägare, som byggt sig ett världsomspännande imperium på matrecept tryckta på kort, att samlas i bokstavsordning i plastboxar. Ibland undrar man hur pengar fungerar.

Han tog för givet att Bra Böckers glättade bokklubbsutgivning var betydligt mer lönande än dotterförlaget Wikens, som primärt vände sig till bokhandeln på det gamla vanliga sättet. Han hade fel, för det var just bokklubben som skapat de stora förlusterna medan Wiken gick med en, om än blygsam, vinst. På koncernen hade de dock konsekvent bokfört osålda böcker från bokklubben på Wikens konton, så det såg annorlunda ut.

Det är nog ofta så, när ekonomer ordnar sin verklighet. De kan inte med att folket skulle vara kräset, kunnigt, krävande, så de stuvar om i siffrorna för att bevisa motsatsen.

*

Där stod jag alltså med min bok, utan ett förlag. Så kan det gå. Jag skickade manuskriptet till ett par andra förlag, utan napp, så jag lät det bero.

Det är betydligt kärvare nu för en författare att bli publicerad än det var när jag debuterade 1979. På den tiden fick exempelvis Bonniers förlag sådär 300 skönlitterära manus om året från författare de inte redan hade i sitt stall, och antog sällan fler än fem men ofta färre. Under 80-talet steg siffran till 1500 manus – utan att fler av dem publicerades. Vad siffran är idag vet jag inte, men den har knappast krympt.

Oddsen är dåliga, även för dem som blivit publicerade. Ja, också de som har ett betydande författarskap bakom sig kämpar med varje ny bok i en trög uppförsbacke, om de inte säljer som smör eller har en väldigt ansedd ställning i finkulturens salonger.

Man orkar så lagom deltaga i det gatloppet.

Jag fick i och för sig ett utlåtande från Erland Törngren på Norstedts, en andra generationens excellent redaktör som jag känner sedan jag kom ut med några böcker på det förlaget. Han sa kloka ord om manuset – även där det var kritik – och höll en ton i sitt brev som värmde fast det slutade med refusering. Så rart bemött blir man sällan av redaktörer och lektörer – eller för den delen någonstans i litteraturens tivoli.

*

Vi är nu framme vid 1994, och i Malmö hade den omåttligt begåvade konstnären Alain Bonneau satt igång med en serie plötsliga endagsutställningar, som kallades Razzia. Så vitt jag minns var namnet min idé, vilket är underligt i sig eftersom Alain är en man som sprudlar av idéer – verkligen sprudlar, utan hejd. Jag kanske passade på när han hämtade andan.

Utställningarna ägde rum på rockklubben KB varje måndagkväll, och brukade berikas med musikframträdanden och andra glada upptåg. De fick snabbt en förtjust, övervägande ung publik.

Vid en av dessa skulle konstnären Lars Vilks ställa ut. Han var då aktuell för att ha registrerat en utomhusskulptur som bok, med ISBN-nummer och allt, för att förhindra dess rivning – han hade rest den på allmän mark utan några som helst tillstånd. Då Vilks hade gjort bok av en skulptur tyckte Alain att vi kunde göra skulptur av en bok, så han byggde med imponerande händighet en fristående vägg på cirka två meters höjd och fem meters längd. Där klistrade vi upp hela *Tröst*, sida bredvid sida i ett nätt rutmönster. Jag hade gjort en snygg utskrift av manuskriptet på min laserskrivare.

Det var faktiskt en stark upplevelse att se sin roman på detta vis – alla sidor i ett blickfång. Jag hade roligt med att läsa än här, än där, på måfå över väggen. Boken förvandlades från det stora multum av sidor, meningar och ord den innehåller, till just detta singularis: en bok. Det var passande att dess titel är ett enda ord.

Jag är inte alls säker på att betraktandet av den där väggen skulle vara en upplevelse som saknade något, jämfört med att läsa boken från första meningen till sista. Kanske tog man på något sätt in den helt och fullt ändå, åtminstone borde dess bakomliggande frågeställning – det där om meningen med livet – också i denna form ha fått ett slags svar. Inte ett som gick att verbalisera, men likafullt ett svar.

Efter denna enda kväll revs väggen. Min bok hade publicerats och kasserats, allt på några timmar. Uppfriskande.

*

Kanske hade *Tröst* fått smak för transformation till andra media – i så fall förmodligen ett trauma från aborten strax före födelse på Wikens förlag. Ett helt nytt medium var på intågande, och varken jag eller min bok kunde hålla oss borta.

Internet. Det smög sig fram. Jag fick upp ögonen för det i mitten på 90-talet med hjälp av en mer insatt kamrat, Ulf Lundquist, som kunde tygla och trimma datorer likt ingen annan. Vad jag kan se av gamla papper skaffade jag min första epostadress 1995. Det var inte många som man kunde skriva till då, men kul var det i alla fall. Strax därefter gjorde jag min första hemsida i HTML – ett plättlätt programmeringsspråk, men ändå med rika grafiska möjligheter om man knåpade och trixade lite.

Jag hade mäkta roligt med detta. Ett omedelbart konstnärligt skapande, från idé till publicering utan krångliga mellanhänder – och med en värld att breda ut sig över. Kan en konstnär ha det bättre?

Man tjänade ju inte ett öre på det, och i motsats till IT-branschen som växte fram några år senare inbillade jag mig aldrig något annat, men belöningen var ändå stor. Jag nådde ut, och hörde av allt fler med tiden – runt om i världen – som tittat in till min hemsida och tyckte ett eller annat. En publik som jag kunde nå omedelbart och precis som jag själv ville.

Ja, internet blev en revolution, en makalös befrielse. Nu kunde varken näringslivets eller samhällets makthavare ställa sig mellan mig och mina läsare. Jag producerade hemsidor i en takt som nog måste betraktas som frenetisk, rentav manisk. Och när jag för stunden inte kom på något mer att lägga upp på dem, då gjorde jag om dem alla med ny layout. Oj oj, jag kunde ha förtvinat av törst utan att ha märkt det.

Passionen jag kände påminde om den jag haft när jag i de första tjugoåren började måla på allvar, och satt vid staffliet så länge att jag till slut bara såg prickar, eller när jag något år senare började skriva min första roman och kunde spendera dagar på diverse caféer på stan för att skriva manus eller rätta det redan skrivna. Med tiden blev jag mer metodisk och restriktiv, men jag kan då och då känna i blodet att passionen finns kvar – för målandet, skrivandet eller HTML-hackandet. Komma till uttryck. Komma ut.

Jag kanske är skapt för internet. Ibland undrar jag. I konsten är jag särskilt fäst vid bild och ord – internet är en kombination av båda. Bredvid konsten har min hjärnas förtjusning för logiskt arbete lett till en tidig förälskelse i datorns möjligheter – äntligen ett verktyg för hjärnan själv, inte för händer eller fötter eller andra mer motoriska kroppsdelar. Också i det blev internet en självklar vänskap.

Vad jag kan se idag är internets mest fantastiska möjlighet den att det kan sammanföra likasinnade – med ljusets hastighet och över en hel värld. Dessförinnan var det förknippat med närmast oöverstigliga svårigheter.

Där gjorde nog IT-branschen sin grövsta felkalkyl. De

trodde att internet skulle vara ett forum för alla över en kam, men nyckeln är specialisering och särintressen. Dess egentliga styrka är inte att det kan nå så väldigt många – det kunde redan till exempel tidningar, radio och teve – utan att det kan sammanföra människor med liknande intressen, hur sällsynta de än är. Fåtalen, inte flertalen.

Det är förstås en värld som kommersen inte gillar. Den vill att alla ska önska detsamma, fungera likadant, för det blir enklast att leverera då. Därför har den duperat oss, bedragit oss till att tro att vi är sådana – eller i alla fall borde vara sådana. Förmodligen är det genom internet snart slut med den vrångbilden. Fram för olikheterna!

\*

Innan det hela exploderade var internet en ganska ödslig värld. Hemsidorna var få – allihop privata, skapade av entusiaster som ofta dessförinnan datakommunicerat med varandra via BBS, meddelanden i ren text från modem till modem. Det gick betydligt långsammare än nu. Modem på 9600 baud var standard, bilderna på hemsidorna få, texten i regel ett och samma typsnitt med textrader från kant till kant på monitorn. Inte särskilt läsvänligt, men ändå lockade det en ökande skara.

Under denna måttliga uppvärmningsfas var en hemsida så gott som alltid en presentation av dess ägare, mer eller mindre fyllig, där de egna intressena listades tämligen kortfattat och så en klase med länkar till andra hemsidor, lika magra. Det hade sin fåordiga charm. Länkarna var alldeles essentiella, eftersom det utan dem helt enkelt var svårt att hitta andra hemsidor – fler var de inte.

Det fanns en ideologi, som lyckligtvis består: all information ska vara fri och tillgänglig för alla.

Kommersen har förstås gjort vad den kunnat för att ändra på den saken, likaså maktfullkomliga myndigheter – men den övervägande delen av internet genomsyras fortfarande av detta vackra ideal, som påminner om encyklopedisternas på 1700-talet. De ville samla mänskligt vetande i encyklopedier, så att allt folket skulle ha möjlighet att bekanta sig med allt man på den tiden visste. Rörelsen ansågs revolutionär, olaglig, och myndigheterna jagade dess förespråkare som vore de nidingar. Överheten ansåg att folk kunde bli oregerliga om de visste för mycket, att befolkningen var lättare att styra om den var okunnig. Myndigheter tenderar att tycka ungefär detsamma idag, när det gäller.

*

Jag satte igång med min hemsida i gängse anda – att presentera mig själv, mina intressen och vad jag hade för mig. Med ett par decenniers författeri bakom mig hade jag förstås en hel del att lägga upp på hemsidan. Till en början tog jag det ganska lugnt och presenterade blott små smakbitar, men vartefter internet växte och snabbades upp kände jag allt mindre begränsningar och hemsidan svällde till näranog groteska proportioner. Det blev en skog av material runt mina olika intressen.

Efter något år föll det mig in att också låta *Tröst* emigrera till internet – i sin helhet. Manuskriptet låg ju ändå bara i dvala i min bokhylla. Jag läste igenom det på nytt, redigerade så smått, och förde över hela klabbet till HTML. Den 10 mars 1997 var hela romanen uppe på min hemsida.

Det ska genast sägas att romaner inte så bekvämt låter sig läsas på bildskärm, fast jag omsorgsfullt ordnade med rimlig spaltbredd och vad jag tyckte var en aptitlig formgivning. Hittills är det blott 747 personer som surfat sig dit och läst boken – några helt men de flesta nog blott delvis. Skönlitteratur mår så mycket bättre på papper i bokens behändiga format, som man kan hålla i handen och läsa i soffan, på bussen, i sängen.

Med facklitteratur är det en helt annan femma. En modern encyklopedistisk självklarhet vore att allt vårt vetande ska vara gratis tillgängligt på internet. Vi är nog på väg dit. Likaså tycker jag att inom skönlitteraturen bör alla klassiker finnas tillgängliga på internet – också dit är vi på väg.

\*

En roman är så omfattande. Det glömmer man lätt inför bokens smidiga format men det syns tydligt på internet. Textmängden i *Tröst* blir svårgenomtränglig på bildskärmen, fast jag har delat upp den på elva separata hemsidor.

Jag skulle själv knappast kunna tänka mig att läsa en så omfattande text på internet. Däri ligger en ledstjärna för författeriet: man skriver de böcker man själv vill läsa, så vill man av ett eller annat skäl inte det – då är något fel. Jag trodde alltjämt på innehållet i *Tröst*, manuskriptet läste jag med förtjusning när jag redigerade texten för internet – alltså fanns problemet i formen för publicering.

Jag beklagar det innerligt, eftersom det idag bara på internet är möjligt med en fri och gränslös utgivning, som inte styrs av näringsliv eller myndigheter, inte kostar skjortan för läsaren. Men så är det – romanen väntar alltjämt på sin ideala utgivningsform.

Kanske är det eboken – den bärbara lilla bildskärmen som kan tankas med böcker och läsas ungefär som en tryckt bok. Jag har faktiskt ännu inte satt mig in i den tekniken, men det måste väl till när som helst. Denna teknik är ännu i sin linda – den finns och fungerar men har än så länge måttlig spridning. Det kan ändra sig riktigt hastigt, precis som med internet.

Jag tror att bokens framtid ligger ungefär där – så nära den tryckta bokens format och behändighet som möjligt, men ännu smidigare och ännu mer tillgängligt. Gärna gratis, eller i alla fall av så begränsat ekonomiskt intresse att kommersen slutar att bestämma villkoren för litteraturen.

För författaren är det faktiskt av ringa betydelse om

det finns mindre pengar att tjäna på boken – eller inga alls. Idag är det ytterst få författare som kan försörja sig på sina böcker, i Sverige inte mycket mer än en handfull, och deras royalty är blott en ringa bråkdel av de pengar som böcker inbringar. Strängt taget tjänar alla som pysslar med böcker mycket mer på dem, än de som skrev böckerna.

Så författarna skulle i realiteten drabbas minst om böcker blev gratis.

Å andra sidan – om tekniken medger samma smidiga spridning av en bok som internet utgör, då kan författaren och läsaren strunta i alla fördyrande mellanled. Då finns en vacker möjlighet att författaren får sin försörjning ordnad, så att säga direkt ur läsarens hand. Jag tror också att läsaren gladeligt skulle betala låt oss säga den del av kostnaden som idag utgör författarens royalty på en bok – några tior – med vetskapen att det oavkortat gick till författaren.

Ja, det går nog ditåt. Sammalunda med musiken.

\*

Innan vi är där fortfar den tryckta boken att vara idealt medium för skönlitteraturen, så jag beslutade mig för att ge ut *Tröst* i den ursprungligen tänkta formen. Cirkeln skulle slutas.

Jag ville ändå inte ge upp den egna kontrollen över produkten, inte heller ville jag behöva harva med förlagen och deras refuseringar. Visst har de fortfarande i hög grad kontroll över distributionen, så att de har bäst chanser att nå ut med böckerna – men å andra sidan gör de sig inte särskilt mycket besvär med en skönlitterär författare som inte är tevekändis, så det går på ett ut. Och så rear de och kasserar boken efter något år. Man kan lika gärna göra det själv.

Jag har sedan början på 90-talet gett ut en del böcker på vad jag brukar kalla mitt lilla leksaksförlag, Arriba. Det började 1992 med en bok jag skrev om aikido, och så har det blivit lite annat – mest fackböcker om det österländska. Ingen stor utgivning alls, blott för nöjes skull.

Och kul har det varit att göra bok så att säga från ax till limpa. Styra enväldigt över redigering, formgivning och den lilla marknadsföring jag haft möjlighet till. Så ville jag förstås helst göra även med *Tröst*.

Jag har nyss avslutat redigeringen av romanen, den n:te i ordningen sedan våren 1993, då den första versionen låg klar. Vid genomläsningen blev jag ömsom road eller förundrad, ömsom rent rörd till tårar. Boken hade klarat sin primära test – jag ville själv fortfarande läsa den. Då var det värt att pröva om det också kunde gälla andra människor.

Därför är den här.

*Malmö i december 2002*
*Stefan Stenudd*

www.ingramcontent.com/pod-product-compliance
Lightning Source LLC
LaVergne TN
LVHW041839070526
838199LV00045BA/1354